법정 스님께서 말씀하신 맑고 향기로운 실천 덕목

- 욕심을 줄이고 만족하며 살아요.
- 화내지 말고 웃으면서 살아요.
- 나 혼자만 생각 말고 더불어 살아요.
- 나누어 주며 살아요.
- 양보하며 살아요.
- 남을 칭찬하며 살아요.
- 우리 것을 아끼고 사랑해요.
- 꽃 한 포기, 나무 한 그루 가꾸며 살아요.
- 덜 쓰고 덜 버려요.

법정스님, 아름다운 무소유

스코프는 책에 관한 아이디어와 원고를 설레는 마음으로 기다리고 있습니다. 책으로 엮기를 원하는 아이디어가 있으신 분은 이메일(bookrose@naver.com)로 간단한 개요와 취지, 연락처 등을 보내주세요. 망설이지 말고 문을 두드리세요. 길이 열릴 것입니다.

법정스님, 아름다운 무소유

초판 1쇄 발행 | 2010년 8월 30일
초판 3쇄 발행 | 2013년 6월 28일

지은이 | 곽영미
감수자 | 윤청광
그린이 | 최주아
펴낸이 | 박영욱
펴낸곳 | 스코프

경영총괄 | 정희숙
책임편집 | 이상모
편집 | 임은희
마케팅 | 최석진
표지·본문 디자인 | 서정희
법률자문 | 법무법인 광평 대표 변호사 **안성용**

주 소 | 서울시 마포구 서교동 468-2번지
이메일 | bookrose@naver.com
전 화 | 영업문의 : 02-322-6709   편집문의 : 02-325-5352
팩 스 | 02-3143-3964
출판신고번호 | 제313-2007-000197호
ISBN 978-89-93662-25-2 (63810)

누구누구 시리즈 ④

법정스님, 아름다운 무소유

무소유 꼭 필요한 것을 갖되, 적게 가져야 한다는 깨달음이에요.

곽영미 지음 | 최주아 그림

윤청광(맑고 향기롭게 이사) 감수

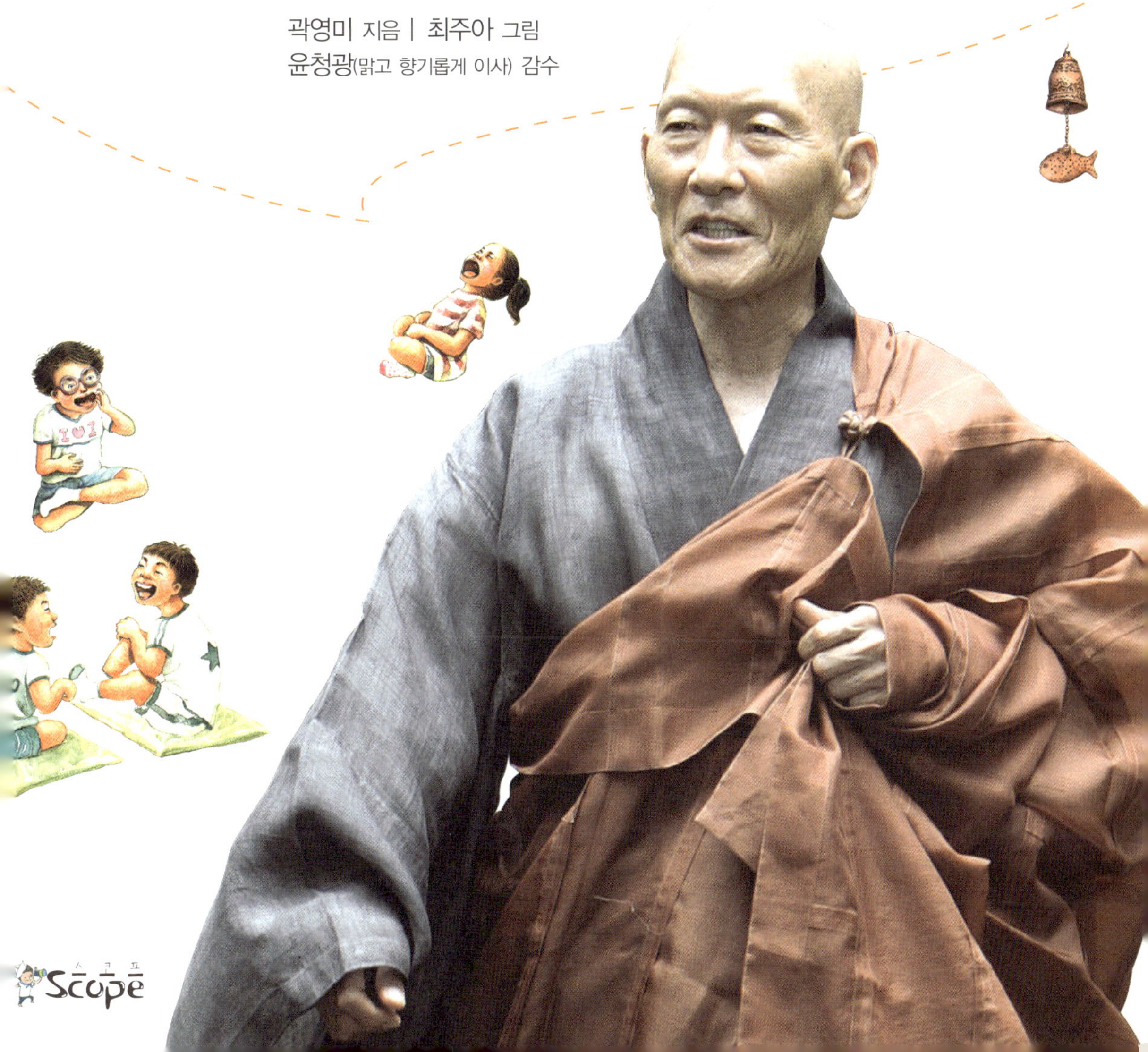

스코프 Scope

옛날 중국 당나라 때의 유명한 시인 백낙천이 도림선사라는 노스님을 찾아가 물었습니다.

"스님, 불교의 가르침은 과연 무엇인지요?"

"나쁜 짓 하지 말고, 착한 일 많이 하는 것이 불교의 가르침이라네."

"원 참 스님도…… 아, 그 정도야 세 살 먹은 아이도 다 아는 것 아닙니까요?"

"그래. 세 살 먹은 아이도 다 아는 것이지만 백 살 먹은 노인도 실천하기는 어렵다네."

그렇습니다. 우리는 어떤 일이 착한 일이고, 어떤 짓이 나쁜 짓인지 다 알고 있습니다. 욕하지 마라, 다투지 마라, 남의 것을 훔치지 마라, 거짓말을 하지 마라. 부모님께서도 그렇게 이르셨고, 선생님도 그렇게 가르쳐 주셨고, 그동안 우리가 읽은 책에서도 그렇게 가르쳐 주었기 때문에 우리는 누구나 착한 일, 나쁜 짓을 구별할 줄 알고 있어요. 그러나 막상 하루하루 살아가면서 그대로 실천하기는 정말 어렵습니다.

우리는 누구나 행복하게 살기를 바라고 있어요. 그래서 공부도 하

고, 운동도 하고, 농사도 짓고, 장사도 하고,
취직도 합니다. 더 많은 돈을 벌고, 더 크고 좋
은 집을 갖고, 값비싼 승용차를 굴리면 행복한 줄 알고,
더 많이 가지려고 발버둥 치고 있답니다.

그런데 법정 스님께서는 "많이 가질수록 행복해지는 것이 아니라,
적게 갖고도 만족하며, 나보다 덜 가진 사람에게 나누어 주고, 따뜻
한 도움의 손길을 베풀면서 사는 것이 가장 행복한 삶입니다"라고
말씀하셨어요. 그리고 한평생 산속의 암자와 오두막에 청빈하게 살
면서도 가난한 사람, 외로운 사람, 병고에 시달리는 사람들을 아무도
모르게 도우면서 부처님이 가르쳐 준 지혜와 자비를 몸소 실천하며
사시다가 이 세상에 맑고 향기로운 가르침을 남기고 떠나셨습니다.

이 책에는 법정 스님의 삶과 가르침과 포근하고 향기로운 이야기
가 한 폭의 수채화처럼 아름답게 담겨 있어요. 착하고 예쁜 우리 어
린이들이 이 책을 읽고 맑고 아름다운 마음을 지녀 맑고 향기로운
세상을 만들고, 우리의 산, 우리의 강, 우리의 들판, 우리의 삶의 터
전을 싱그럽고 향기롭게 가꾸는 사람이 되었으면 합니다.

윤청광 (사)맑고 향기롭게 이사 | 방송작가

법정 스님을 떠올리면 대부분의 사람들이 무소유를 함께 생각합니다. 마치 무소유가 법정 스님의 그림자처럼 느껴질 정도예요. 법정 스님은 소유하지 않으므로 행복하다고 했습니다.

우리는 먼저 이런 질문을 하게 됩니다.

"갖고 싶은 게 얼마나 많은데, 세상을 살아가면서 필요한 물건들이 얼마나 많은데, 어떻게 소유하지 않고 살 수 있지요?"

법정 스님이 말한 무소유란 아무것도 갖지 않는 것이 아니라, 꼭 필요한 것을 갖되 적게 가져야 한다는 깨달음입니다. 자신이 필요한 것만 소유하여 행복해지는 것이지요.

몇 번을 벼르다가 갖고 싶었던 물건을 손에 넣으면 그 기쁨은 이루 말할 수가 없습니다. 그 물건은 세상에서 둘도 없는 소중한 것이 된답니다. 하지만 그것과 똑같은 물건이 하나 더 생긴다면 어떨까요? 나에게 큰 기쁨을 주었던 그 물건이 한순간에 그리 대단해 보이지 않을 것입니다.

법정 스님은 둘을 얻었을 때, 소중한 하나까지 잃게 된다는 걸 깨달았습니다. 그래서 버릴수록 행복한 무소유가 된다고 말씀하신 거예요. 또한 온몸으로 그런 삶을 사셨습니다.

올바른 생각을 하기도 어렵지만 그 생각을 행동으로 옮기며 사는 것은 더욱 어렵습니다. 하지만 법정 스님은 자신의 올바른 생각을 행동으로 옮기며, 스스로 욕심을 부리거나 잘못된 길로 빠지지 않기 위해 매번 자신을 살피는 구도자의 길을 가셨습니다. 그렇기에 많은 사람들에게 큰 울림을 주는 어른 스님으로 기억되고 있는 것이죠.

법정 스님의 아름다운 무소유는 환경을 보호하고, 자연을 사랑하는 마음으로 이어진답니다. 이 세상 모든 것들은 눈에 보이지는 않지만 하나의 끈으로 연결되어 있어요. '나' 가 모여서 '우리' 가 되고, '나무' 한 그루가 모여서 커다란 숲을 이루며, 그 안에 여러 생명체를 품게 되는 것처럼 말이죠. 그렇기에 나를 맑게 하면 우리가 맑아지고, 자연을 사랑하는 향기로운 세상을 만들 수 있게 된답니다.

이 글을 읽는 어린이들이 법정 스님의 아름다운 무소유를 느낄 수 있었으면 좋겠습니다. 마음속에 그 씨앗을 간직하고 자라, 훗날 꽃을 피우고 향기로운 열매를 맺기를 바랍니다.

바람담은 나무 곽영미

두 잎 모든 것은 마음먹기에 달렸단다

세 잎 욕심을 버리면 행복해져요

네잎 한 사람은 모두를, 모두는 한 사람을

다섯잎 아름다운 마무리

여섯 잎 마음속 부처님의 씨앗

법정 스님 스님은 해남에서 태어나 젊은 시절 진리의 길을 찾아 출가하셨어요. 송광사 뒷산에 직접 작은 암자인 불일암을 짓고 청빈한 삶을 실천하면서 홀로 사셨어요. 순수 시민운동 단체인 '맑고 향기롭게'를 이끄는 한편, 서울 도심의 대원각을 시주받아 이듬해 길상사로 고치고 어른 스님으로 계셨어요. 이후 입적할 때까지 강원도 산골에서 직접 땔감을 구하고, 밭을 일구며 '무소유'의 삶을 사셨답니다.

최지유 초등학교 4학년인 지유는 할머니와 함께 길상사에 다닙니다. 장난꾸러기 민석이와 단짝 친구이고, 어른 스님인 법정 스님을 좋아해요.

할머니 지유의 친할머니입니다. 현재는 지유네 식구와 함께 사시지만, 고향은 송광사 근처예요. 할머니는 법정 스님의 책과 글을 사랑하고, 지유에게 좋은 말씀을 들려주십니다.

정승민 초등학교 1학년인 승민이는 발달장애아입니다. 성북동으로 이사를 와서 엄마와 함께 길상사에 다니기 시작했어요. 돌멩이와 음악을 좋아합니다.

김민석 지유와 단짝이고 길상사에서 으뜸가는 장난꾸러기랍니다. 겉으로는 언제나 씩씩하고 활발하지만 남모를 아픔을 가지고 있답니다.

법정 스님으로
다시 태어난 재철이

"감사합니다. 저처럼 가난하고 외로운 사람들을 위한 불자가 되겠습니다." 재철이는 법명을 준 큰스님에게 삼배를 올리고 밖으로 나왔습니다. 마치 날개를 얻은 듯 몸과 마음이 가벼워져 하늘을 날아오를 것 같았답니다. 이제, 재철이가 아닌 법정 스님으로 다시 태어난 것입니다.

진흙탕에서 맑은 연꽃이 피어나듯

"어머니, 제가 차로 모셔다 드릴게요."

할머니가 아빠의 말에 고개를 설레설레 저었습니다. 그러고는 아빠에게 걱정하지 말고 어서 회사에 가 보라고 했습니다.

"지유야, 할미랑 버스 타고 갈 수 있지?"

"……."

할머니가 다정한 목소리로 물었지만 지유는 뾰로통했습니다. 아빠 차로 가면 더 편한 게 사실이니까요. 지유는 버스를 타고 길상사[*]에 갈 생각을 하니 조금 귀찮았습니다. 더구나 이번 주에는 같은 아파트에 사는 민석이도 오지 않으니 절에 가고 싶은 마음

이 싹 사라졌습니다.

시곗바늘이 아홉 시를 향하자 할머니가 자리에서 먼저 일어났습니다. 어기적거리던 지유도 할 수 없이 할머니를 따라나섰습니다.

지유네 가족은 부처님을 믿습니다. 그래서 매주 일요일마다 일요법회에 참석하는데, 오늘은 부모님이 바쁘셔서 할머니와 지유만 가는 것입니다.

지유네 가족이 다니는 길상사는 삼각산 자락에 있는 절입니다. 이 절은 처음부터 부처님을 모시기 위한 곳이 아니었습니다. 원래는 대원각이라는 요릿집이었어요. 그런데 주인이었던 김영한 할머니가 법정 스님이 쓴 《무소유》를 읽고 감동한 나머지 법정 스님에게 대원각 건물과 터를 시주 할 테니 절로 만들어 달라고 부탁을 한 거예요.

❀ **길상사** 서울시 성북동의 삼각산 남쪽 자락에 위치한 이 사찰은 1997년에 김영한 할머니의 시주를 받아 법정 스님이 창건한 절이에요.

✎ **불교** 기원전 6세기경 인도의 석가모니가 창시한 후 여러 나라에 전파된 종교입니다. 이 세상의 고통과 번뇌를 벗어나 그로부터 해탈하여 부처가 되는 것을 바라는 마음으로 부처님을 믿습니다.

✎ **시주** 자비로운 마음으로 절이나 스님에게 재물을 드리는 일입니다.

“스님, 미천한 제 뜻을 받아 주십시오.”

하지만 법정 스님은 번거로운 일에 얽히기 싫다며 단번에 거절했습니다.

“저는 보살님의 뜻을 받들 수가 없습니다.”

김영한 할머니도 포기하지 않고 머리를 조아리며 거듭 부탁했습니다.

“스님, 대원각은 여인들의 노랫가락이 들리던 곳입니다. 그곳에 부처님의 말씀이 흐를 수 있도록 부디 제 청을 받아 주십시오.”

“저는 받을 수가 없습니다.”

이런 실랑이가 장장 10년 동안이나 계속되었습니다. 그래도 김영한 할머니는 대원각 터에 절을 만들겠다는 결심을 굽히지 않았어요. 마침내 법정 스님은 할머니의 깊은 불심에 감동을 받아 그 소망을 들어주기로 했습니다. 때마침 법정 스님이 펼치기 시작한 ‘맑고 향기롭게 살아가기 운동’의 중심지로 삼으면 좋겠다는 주변 사람들의 간절한 청도 있었고요.

하지만 어떤 사람들은 “술을 팔았던 곳을 어떻게 불도를 닦는 도량으로 만드냐”며 고개를 갸웃거리기도 했답니다.

　　법정 스님은 맑고 향기로운 도량이 되라는 뜻으로 그곳에 ‘길상사(吉祥寺)’ 라는 이름을 붙였습니다. 진흙탕에서 맑은 연꽃이 피어나듯, 대원각도 맑고 향기로운 도량으로 다시 태어난 것입니다.

　　1997년 12월 14일 길상사 창건법회가 열리던 날, 법정 스님은 이렇게 말했습니다.

　　“절은 어느 개인의 것이 아닙니다. 불도를 닦는 불자들의 공동 재산입니다. 저는 길상사가 가난한 절이었으면 합니다. 또한 맑고 향기로운 절이 되어 불교를 믿는 사람들뿐만 아니라, 누구나 언제든지 찾아와 이곳에서 지혜와 마음의 평안을 가져갈 수 있기를 바랍니다.”

　　이윽고 지유와 할머니가 버스에서 내려 골목길로 들어섰습니다. 길거리에 커다란 뽕나무 잎이 널브러지듯 떨어져 있었습니다. 저 멀리 작은 형제회 수도원 건물도 보입니다. 지유는 수사님

도량 불도를 수행하는 장소를 이르는 말로, 절이나 스님들이 모인 곳을 뜻하기도 합니다.

과 멋진 동상을 눈여겨보며 추위도 잊은 채 굽이굽이 골목길을 따라 길상사로 향했습니다.

늦가을 파란 하늘이 어느 때보다 드높아 보였습니다. 지유가 겉옷을 벗으며 말했습니다.

"걸어오니까 하나도 안 춥네."

늦가을 바람이 아직 쌀쌀했지만 걷다 보니 어느새 추위가 달아났나 봅니다. 할머니가 앞서 걸어가는 지유를 흐뭇하게 바라보며 말했습니다.

"춥다고 생각하면 추운 거고, 춥지 않다고 생각하면 안 춥단다. 다 우리 지유의 마음에 달렸지."

할머니는 문득 "추울 때는 추위가 되고, 더울 때는 더위가 돼라"는 법정 스님의 말이 떠올랐습니다. 용광로에서 일하는 사람 앞에서는 제아무리 뜨거운 더위라도 꼼짝 못하는 것처럼, 무슨 일이든 열중하면 더위나 추위를 잊을 수 있다고 했습니다.

잠시 생각에 잠겨 걸음이 늦어진 할머니에게 지유가 큰소리로 외쳤습니다.

"할머니, 빨리 와요!"

킥킥 장난꾸러기 법정 스님

언덕 위에 펼쳐진 길상사 일주문이 눈에 들어왔습니다. 사람들이 일요법회에 참석하려고 일주문 안으로 발걸음을 옮겼습니다. 할머니가 일주문 앞에 서서 두 손을 모아 합장하자 지유도 따라 했습니다. 절에서 몇 번 만났던 어른들이 지유를 보자 반갑게 인사를 건넸습니다.

"아이고, 네가 할머니를 모시고 왔구나!"

"그새 훌~쩍 컸네."

지유는 칭찬을 들으니 기분이 좋아졌습니다. 절에 오기 싫었던 마음이 저 멀리 삼각산 자락으로 날아간 듯 했지요.

　　길상사 마당은 아직도 늦가을이 소복이 들어앉아 나갈 줄 모릅니다. 커다란 느티나무가 사그락사그락 소리를 내며 곱게 물든 나뭇잎을 바람결에 날려 보냈습니다. 지유와 할머니는 언덕을 올라 관세음보살 상 앞에 섰습니다. 둘은 누가 먼저랄 것도 없이 두 손을 모아 합장했습니다.

　　“할머니, 이 보살님은 이상해요. 다른 보살님하고 달라요.”

　　몇 년 전, 관세음보살 상을 처음 본 지유가 고개를 갸웃거리며 물었던 적이 있습니다. 날씬하고 마른 관세음보살님이 지금까지 책이나 그림에서 보았던 관세음보살님과 달라서 이상해 보였거든요.

　　“얼굴과 모습은 달라도 똑같은 관세음보살님이란다.”

　　할머니는 친구를 사귈 때도 얼굴과 모습이 아니라 마음을 먼저 봐야 한다고 말했습니다. 하지만 길상사의 관세음보살 상을 처음 본 사람들은 누구나 지유처럼 고개를 갸웃거린답니다.

　　관세음보살 상의 발 아래에는 쌀과 양초, 작은 꽃다발들이 가지런히 놓여 있습니다.

　　“할머니! 저기, 저 인형들 좀 봐요.”

22

꽃들 사이에 동자승 인형들이 보였습니다. 사람들이 하나둘 갖다 놓은 것이 꽤 많아져 작은 숲 속에 잔치가 열린 것마냥 정다워 보입니다. 그 중 지유의 눈에 들어오는 동자승 인형이 있었습니다.

입을 앞으로 툭 내밀고 커다란 목탁에 기대서 잠자는 동자승을 보자, 지유는 자기도 모르게 그만 킥킥 웃음이 나왔습니다. 작년 여름 수련회 때 만났던 법정 스님과 꼭 닮았거든요.

"이놈들! 조용히 못 할까?"

법정 스님이 천둥 같은 목소리로 말하자 방안이 휘청거리는 것 같았습니다. 떠들고 장난치던 아이들이 스님의 눈치를 살피며 자신의 방석을 찾아 허겁지겁 자리에 앉았어요. 아이들은 스님이 또 호통을 칠까 봐 가슴이 조마조마했습니다.

하지만 법정 스님은 어린 시절에 들었던 재미난 이야기를 들려주었습니다. 어찌나 재미있는지 아이들이 뒤로 나동그라지며 배꼽이 빠질 듯 웃어댔습니다. 지유는 법정 스님이 굉장히 무서운 줄 알았는데, 괜한 걱정이었나 봅니다.

그 뒤로 법정 스님만 생각하면 재밌고 장난스러운 얼굴이 먼저

떠올랐습니다. 지유는 한동안 보지 못한 법정 스님이 무척 궁금

했습니다.

　"할머니, 오늘 어른 스님 오세요?"

　"법정 스님 말이냐?"

지유가 고개를 끄덕였습니다. 사실 많은 사람들이 법정 스님을 보려고 길상사에 온다고 합니다. 법정 스님이 오는 날이면 길상사는 발 디딜 틈이 없어요. 지유는 언젠가 할머니를 잃어버릴 뻔한 적도 있다니까요. 물론 지금은 휴대전화가 있어 안심이지만요.

“아이고, 어른 스님.”

할머니는 법정 스님만 보면 한걸음에 쪼르르 달려갑니다. 어찌나 반가운지 가끔 지유가 옆에 있다는 것도 잊어버린다니까요.

“어른 스님은 몸이 많이 편찮으시단다.”

“편찮으시다고요?”

할머니의 눈이 금세 촉촉이 젖어들었습니다.

“얼른 쾌차하고 일어나셔야 할 텐데…….”

할머니가 혼잣말처럼 중얼거렸습니다.

“관세음보살님, 우리 스님 얼른 낫게 해 주세요. 그래야 저희에게 좋은 말씀 전해 주시지요.”

할머니가 두 손을 모으고 기도하자, 지유도 ‘어서 빨리 어른 스님을 낫게 해 주세요’ 하고 관세음보살님께 빌었습니다.

거짓말로 잘못을 빌기 싫어!

법회가 시작되려면 시간이 아직 남았습니다. 할머니와 지유는 커다란 느티나무 아래에 있는 나무 의자에 앉았어요. 심심한 지유가 이리저리 돌아다니다 뭔가 생각났다는 듯 물었습니다.

"할머니, 스님은 가족이 없어요?"

"있지."

"어른 스님에게도 가족이 있어요?"

할머니가 잠시 생각에 잠겼습니다.

"지유에게는 아빠와 엄마가 있지?"

지유는 할머니가 당연한 걸 묻는다고 생각했습니다.

“네.”

“어른 스님도 스님이 되기 전에 우리처럼 가족이 있었단다. 하지만 스님이 된 후에는 부처님이 가족이란다.”

“그런데 왜 스님이 된 거예요?”

“그건 말이다. 스님이 될 연을 타고 난 거야. 어쩔 수 없는 운명이지.”

“운명이라고요? 스님이 될 운명이라고요?”

지유는 운명이 무슨 뜻인지 잘 모르겠습니다. 할머니는 지유가 좀 더 크면 알 수 있다고 했지만, 조금 더 빨리 알고 싶었습니다. 지유의 마음을 아는지 모르는지 법정 스님 이야기는 계속 이어졌습니다.

“어른 스님의 어린 시절 이름은 박재철이란다. 스님은 전라도 해남에서 태어나셨어. 산 정상에 오르면 푸른 서해가 보이고 진도, 녹도 같은 크고 작은 섬들이 펼쳐진 곳이란다. 스님은 어릴 때 아버지를 여의고, 홀어머니와 할머니, 그리고 작은아버지의 도움을 받으며 살았단다. 스님은 어린 시절에…….”

지유는 할머니가 해 준 이야기 중에서도 법정 스님이 초등학교

28

때 담임선생님에게 대든 사건이 가장 기억에 남습니다. 사실 지유는 학교에서 호랑이로 통하는 담임선생님을 제일 무서워하거든요. 똑바로 쳐다보는 것도 무서운데 대드는 건 상상도 할 수 없는 일이죠. 그런데 법정 스님은 왜 담임선생님에게 대들었을까요?

법정 스님이 보통학교(초등학교)에 다닐 때의 일입니다.

재철이의 담임선생님은 목포에서 온 사람이었어요. 그런데 그 선생님은 조선 사람인데도 일본 사람 행세를 하고 다녔어요. 언제, 어디서나 일본말을 했고, 학생들한테도 일본말을 쓰라고 으름장을 놓았습니다. 더군다나 일본말을 쓰지 않는 학생을 감시하고 이름을 적어내도록 급장(반장)에게 따로 지시할 정도였지요.

재철이를 비롯해 반 아이들 모두 그런 담임선생님이 정말 싫었습니다. 선생님이 싫어지자 수업시간에도 집중이 잘 되지 않았어요.

어느 날 산수(수학)시간이었습니다. 뒷줄에 앉아 있던 재철이가 엄청난 말을 무심코 내뱉은 것입니다.

"왜 조선 사람이 일본 사람 행세를 하는 거야……."

순간 담임선생님이 재철이를 향해 고개를 휙 돌렸습니다. 반 아이들은 귀를 의심하며 천천히 재철이를 바라보았어요.

"뭐라고? 박재철, 너 지금 뭐라고 한 거야? …… 이 빠가야로(바보)!"

그 전부터 재철이가 못마땅했던 선생님은 비아냥거리는 소리에 단단히 화가 났습니다. 선생님은 신고 있던 슬리퍼를 벗어 재철이의 뺨과 머리를 사정없이 내리쳤습니다. 재철이의 뺨은 시퍼렇게 멍이 들고, 코에서는 새빨간 피가 주르륵 흘렀습니다.

"아이고, 이 일을 어쩜 좋아."

친구들은 발을 동동 굴리며 어쩔 줄 몰라했지만 아무도 도와줄 수가 없었어요. 옆 반 아이들까지 모두 나와 겁을 집어먹은 눈으로 흘끔거렸습니다. 그때서야 다른 반 선생님들이 달려와 담임선생님을 겨우 말렸답니다.

"재철아, 아프지?"

"못 도와줘서 미안하다. 네가 맞을 때 아주 죽겠더라. 우리 반

아이들 모두 속으로 울었다."

친구들이 얼굴을 씻는 재철이에게 다가가 위로했습니다.

"그래도 선생님한테 잘못했다고 말하는 숭내(흉내)라도 내라. 안 그러면 너만 힘들다."

한 친구가 재철이를 따라가며 조용히 말했습니다. 하지만 재철이는 아무 대꾸 없이 교실로 들어갔습니다.

'마음에도 없으면서 거짓으로 빌고 싶지 않다. 그것은 선생님을 속이는 것이고, 내 마음을 속이는 일이다.'

재철이는 끝내 담임선생님에게 용서를 빌지 않았습니다. 재철이는 그 뒤로 담임선생님이 가르치는 산수시간만 되면 마음에 구멍이라도 난 듯 허한 눈으로 맴생이섬(양도)만 하염없이 바라보았습니다.

할머니, 내 꿈은 등대지기라우

어린 재철이에게는 할머니가 한 분 있었습니다. 할머니는 언제나 재철이를 앉혀 놓고 재미있는 이야기를 들려주었어요.

"재철아, 이번엔 무슨 얘기를 해 주랴?"

할머니는 바느질감을 놓지 않으면서도 이야기를 해달라고 졸라대는 재철이의 청을 끝내 들어주고 말았습니다.

"긴 긴 간짓대 ."

재철이가 할머니 손을 부여잡고 청했습니다.

🌸 **간짓대** 대나무로 만든 긴 장대를 말해요.

“짧은 짧은 담뱃대가 아니고, 또 긴 긴 간짓대여?”

할머니의 말에 재철이가 키득키득 웃음을 터트리며 고개를 끄덕였어요.

“그럼, 긴 긴 간짓대를 시작해 볼까나? 옛날 조선 팔도에 유명한 소금장수가 있었는디. 하루는 말이다, 그 소금장수가 전라남도 해남, 그려 이곳에 도착했을 때여…….”

할머니의 긴 긴 이야기는 아무리 꺼내도 줄지 않는 보물창고였어요. 그 이야기는 과거로 흘러가 소금장수가 나오기도 하고, 호랑이가 담을 넘기도 했지요. 또 푸른 바다가 배경이 되었다가, 어느새 깜깜한 밤하늘의 보름달이 불쑥 튀어나오기도 했고요. 할머니는 이야기보따리를 숨겨놓고, 물레에서 실을 뽑아내듯 술술 풀어 놓았습니다.

“우리 아부지 노리개(장신구)는 진 담뱃대, 우리 어무니 노리개는 막내딸, 우리 오래비 노리개는 책가우, 우리 성님 노리개는 바늘쌈지지, 요내 노리개는 연지 분통…….”

할머니는 이야기는 물론이고 구수한 노랫가락도 곧잘 들려주었습니다. 재철이는 할머니를 끔찍이 좋아했어요. 할머니가 가는 곳이라면 어디든지 졸졸 쫓아다녔답니다. 마치 어미의 꽁무니를 쫓아다니는 오리새끼처럼 말이에요.

"할머니, 내가 얼릉 댕겨오겠습니다."

비가 주룩주룩 내리는 날, 재철이는 할머니의 담배를 사러 가겠다고 고집을 부렸습니다. 담배가 없어 피지 못하는 할머니가 안쓰러웠거든요.

"너무 멀고, 비도 오는디…… 날이 좋아지면 가지 그러냐?"

할머니가 한사코 말렸지만 재철이는 끝내 십 리를 걸어 담배를 사왔습니다.

"할머니 심부름은 다 할 수 있어야. 내가 모두 다 해드릴 거어야."

재철이는 할머니가 심부름을 시키면 아무리 먼 곳이라도 다녀올 거라 마음먹었습니다. 할머니만큼 자신을 사랑해 주는 사람은 세상에 없으니까요. 이렇게 재철이는 할머니의 사랑을 듬뿍 받고 자라났답니다. 하루는 할머니가 물었어요.

"우리 재철이는 커서 뭐가 되고 싶은가?"

"할머니, 내 꿈은 등대지기라우."

34

“등대지기?”

할머니는 등대지기가 되고 싶다는 재철이를 지긋이 바라보았습니다. 다른 어른들 같으면 펄쩍 뛰었을 거예요. 중학교에 가지 않고 등대지기가 되겠다니, 말도 안 된다고 화를 낼지도 모릅니다. 하지만 할머니는 노여워하거나 화를 내지 않았어요. 다만 이렇게 물었어요.

“왜 등대지기를 하고 싶을꼬!”

“…….”

재철이는 차마 등대지기가 되어 혼자서 사는 것이 꿈이라고 말하지 못했습니다. 등대지기가 되어 섬으로 들어가면 가족들은 물론 할머니까지 볼 수 없다는 생각에 가슴이 아팠습니다.

훗날 스님이 된 재철이는 할머니가 돌아가신 소식을 친구를 통해 듣게 되었습니다. 할머니는 세상을 떠나기 전, 재철이를 한 번이라도 보고 눈을 감으면 소원이 없겠다고 말했답니다.

할머니의 무덤에 찾아갈 수 없었던 법정 스님은 그날 할머니의 명복을 빌면서 밤새 울었어요. 스님이 되고 나서 처음으로 흘린 눈물이었어요. 그만큼 할머니는 법정 스님에게 특별한 사람이었고, 언제나 달려가 안기고픈 따뜻한 안식처였습니다.

　법정 스님은 자신이 글을 잘 쓰게 된 것은 모두 할머니 덕이라고 말했습니다. 어린 시절에 할머니에게 들었던 옛이야기 덕분에 좋은 글을 많이 쓸 수 있었고, 어린이들에게 재미난 이야기도 많이 들려주는 어른 스님이 될 수 있었어요.

너를 법정이라고 부르겠다

　재철이가 스물한 살이 되던 해, 6·25전쟁이 터졌습니다. 재철이가 살던 해남에서는 매일 한두 명씩 바닷가 공터에서 죽어 나갔습니다. 인민군들이 들어와 식량을 빼앗고 사람들을 못살게 굴고 나면, 다음번에는 남한 경찰들이 몰려와 인민군을 도와준 사람들을 잡아가는 불안한 나날이 계속되었습니다.

　마을 사람들이 마구잡이로 죽어나가자 그들을 살리기 위해 먼저 나가 목숨을 내놓는 청년들도 있었답니다. 하지만 재철이는 할머니의 걱정 때문에 골방에 숨어 지냈습니다.

　"아이고, 세상이 어쩔라고 이런디야. 오늘은 김씨 아들 녀석이

죽었다는디…….”

할머니의 말에 재철이의 얼굴이 새하얗게 질렸습니다. 김씨 아들은 재철이의 친구이기도 했으니까요.

“재철아, 니는 꼼짝 말고 여기 있어야 한다. 나가면 파리 목숨보다 못한 죽음이 되는겨. 젊은이들을 다 죽여뿌린댜아.”

할머니가 재철이의 손을 꼭 부여잡으며 당부를 했습니다. 하지만 재철이는 어두운 얼굴로 아무 말도 하지 않았습니다. 할머니가 차려 놓은 밥상도 거들떠보지 않았고요.

“어여 밥을 먹어야지.”

할머니가 걱정스러운 얼굴로 밥을 먹으라고 재촉했지만, 재철이는 숟가락도 들지 않고 멍한 눈으로 밥상만 쳐다보았어요.

‘차라리 저 밥에 독이라도 들었으면…….’

재철이는 친구들과 마을 사람들이 죽어 가는데 자신만 골방에 숨어 있다는 죄책감에 괴로웠습니다. 날마다 골방에서 죽어가는 사람들의 얼굴을 떠올리며 가슴을 쥐어뜯어야 했어요.

전쟁이 끝난 직후, 많은 사람들이 혼란스러운 생각에 빠졌습니다. 공산주의는 무엇이고 민주주의는 또 무엇인지, 사람들은 왜 이편 저편으로 갈라져 싸우고 죽는지……. 재철이 역시 그랬답니다. 자신이 누구인지, 어디서 왔는지, 무엇 때문에 살아야 하는지 알 수 없어 혼란스럽기만 했습니다. 재철이는 그 어디에도 얽매이지 않는 자유인이 되고 싶었어요. 그래서 며칠 동안 밥도 안 먹고 잠도 자지 않고 고민하다가 그 해답을 찾기 위해 스님이 되기로 했습니다.

"친구 집에 잠시 다녀오겠습니다."

재철이는 차마 스님이 되러 절로 간다는 말을 할 수가 없었습니다. 다행히 할머니는 집에 계시지 않았습니다. 할머니는 왠지 모든 것을 알아차릴 것만 같았거든요.

"눈이 오니까 날이 좋아지면 가지 그러냐?"

어머니가 걱정스러운 눈빛으로 밖을 내다보았습니다.

"약속을 했으니까 다녀오겠습니다."

재철이는 마음을 다잡고 집을 나섰습니다.

"할머니가 기다리시니까 얼른 댕겨오너라."

어머니의 목소리가 들렸지만 재철이는 뒤돌아보지 않았습니다. 소금처럼 굵은 싸락눈이 무수히 내리기 시작했습니다. 눈을 헤치며 한참을 걷던 만 재철이가 문득 뒤를 돌아보았습니다. 어머니가 여전히 불안한 눈빛으로 재철이를 바라보고 있었어요. 싸락눈 때문에 어머니의 머리가 하얘졌습니다. 마치 수십 년이 흘러 할머니가 된 어머니를 보는 것 같았지요.

'어머니!'

재철이는 눈물이 쏟아질 것 같아 더욱 빨리 걸음을 재촉했습니다. 소금처럼 굵은 싸락눈이 얼굴과 머리를 때렸지만 아무것도 느낄 수가 없었답니다.

혼자 사는 게 꿈이었던 재철이가 끝내 스님이 되기로 결심하고 할머니 얼굴도 보지 않고 집을 나선 것입니다.

'할머니 머리카락이라도 잘라 가지고 올걸…….'

재철이는 할머니의 머리카락을 한 올 잘라 가지고 나오지 못한 것이 안타까웠습니다. 할머니의 머리카락을 가방에 넣고 다니면 어디서나 할머니와 함께한다고 느낄 수 있을 텐데 말이죠. 그만큼 할머니에 대한 사랑이 깊고 깊었답니다.

집을 나온 재철이는 서울시 종로구 봉익동에 있는 대각사에 찾아갔습니다. 대각사에서 하룻밤 묵은 뒤 강원도에 있는 월정사로 갈 참이었습니다. 월정사를 택한 이유는 그곳이 고향인 해남에서 가장 멀리 떨어진 곳이기 때문이에요. 그런데 재철이는 대각사에서 우연히 월정사 스님을 만나게 되었습니다.

"스님이 월정사 스님이시라고요? 저는 지금 그곳으로 가려고 합니다."

"허허, 월정사로 가신다고요? 이거 참 반가운 인연이네요. 그런데 어쩌지요? 폭설로 산길이 막혀 며칠 동안 월정사로 갈 수 없게 되었답니다."

"네에?"

며칠을 기다려야 한다는 말에 재철이가 힘없이 어깨를 떨어트렸습니다.

"안국동 골목길에 있는 선학원에 큰스님이 계십니다. 그곳으로 찾아가 보세요."

　낙심해하는 재철이를 보며 월정사 스님이 친절히 알려 주었습니다. 재철이가 서둘러 선학원으로 향했습니다.

“어디서 왔는가?”

큰스님이 재철이를 보며 물었습니다.

“해남에서 왔습니다.”

“어떻게 왔는가?”

“출가˚하려고 왔습니다.”

　재철이가 공손히 앉아 승려가 되려는 마음을 밝혔습니다. 큰스님은 잠시 재철이의 얼굴을 물끄러미 바라보았습니다. 곧 큰스님은 재철이의 생년월일을 물어보았고, 재철이는 긴장하지 않고 또박또박 말했어요.

“생일에 불도가 들어 있구나. 중노릇 잘하도록 해라.”

　큰스님은 재철이의 출가를 흔쾌히 허락했습니다. 출가가 허락되자 재철이의 머리카락을 자르는 의식인 삭발이 이루어졌습니다. 삭도˚가 재철이의 머리 위로 쓰윽 지나가자 머리카락이 한 줌, 두 줌 바닥으로 떨어졌습니다.

　‘저 머리카락처럼 세상과의 인연도 쉽게 끊어지면 좋으련

만……."

　재철이는 떨어지는 머리카락처럼 자신과의 모든 인연이 남김없이 끊어지기를 바랐습니다.

　"앞으로 너를 법정이라고 부르겠다. 부디 수행을 잘하여 법(法)의 정(頂)수리에 서야 한다."

　큰스님은 재철이에게 법정이라는 법명을 지어 주었습니다. 재철이는 "법의 꼭대기에 서라"는 큰스님의 말씀을 다시 한 번 가슴 깊이 새겼습니다.

　"감사합니다. 저처럼 가난하고 외로운 사람들을 위한 불자가 되겠습니다."

　재철이는 법명을 준 큰스님에게 삼배를 올리고 밖으로 나갔습니다. 마치 날개를 얻은 듯 몸과 마음이 가벼워져 하늘로 날아오를 것 같았어요. 이제, 재철이가 아닌 법정 스님으로 다시 태어난 것입니다.

　🌸 **출가** 수행자가 되기 위해 불교 교단에 들어가는 의식입니다.
　🌸 **삭도** 삭발을 하는 데 쓰이는 칼처럼 생긴 도구예요.
　🌸 **삼배** 불교에서 세 번 무릎 꿇고 절을 하는 것입니다.

스님 방 옆에 내 방

● 법정 스님은 송광사 뒷산에 불일암을 짓고 청빈한 삶을 실천하면서 홀로 살았습니다. 자신에게 꼭 필요한 물건만 가지고 사셨다는 법정 스님의 방에 함께 들어가 볼까요?

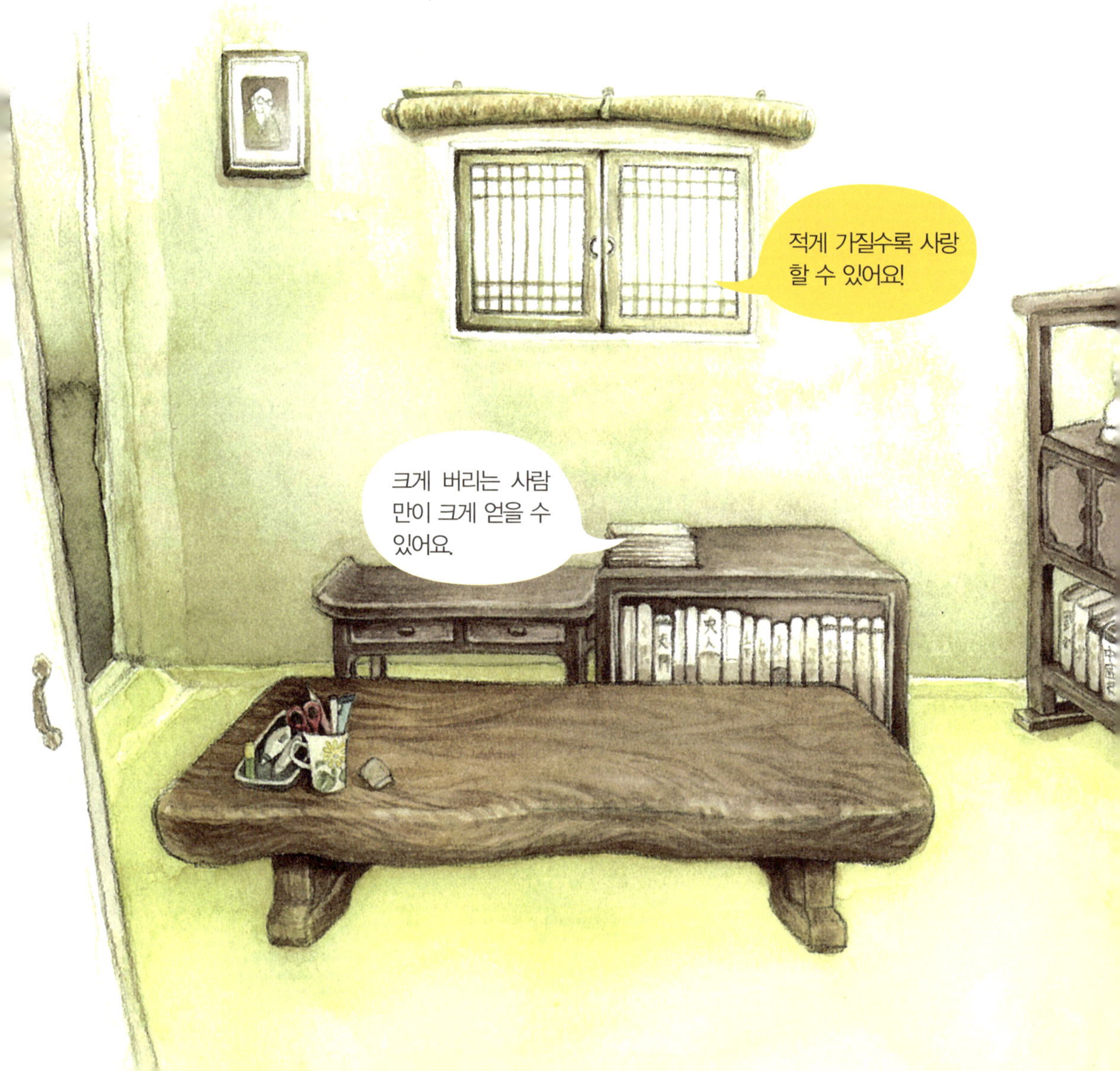

● 내 방에 있는 물건들은 모두 나에게 필요한 것인가요? 꼭 필요하지 않은 물건이 있다면 누구에게 필요할까 생각해 보세요. 법정 스님께서 말씀하신 '무소유'는 아무것도 갖지 않는 것이 아니라, 자신에게 필요 없는 것을 갖지 말라는 뜻입니다.

내 방을 그려 보세요

모든 것은
마음먹기에 달렸단다

스님 마음속에 있던 화가 눈 녹듯 사그라졌습니다.
마음을 달리 먹으니 냄새 나는 화장실이 어느새 맑
고 향기로운 도량으로 변했습니다. 냄새 나는 화장
실은 스님을 일깨워 준 고마운 도량이었습니다.

돌멩이를 공양한 승민이

"안녕?"

지유가 강당으로 들어서자 한 아이가 인사를 건넸습니다. 지유는 작은 목소리로 "안녕!" 하고 대꾸했습니다. 얼굴이 붉게 달아오르는 것 같았어요. 그 아이는 지유와 동갑내기로 지난주에 절에 처음 왔어요. 그 아이는 지유가 다른 말이 없자 3학년 서정이와 스티커를 보며 키득거렸습니다.

지유는 강당에 오도카니 앉아 있자니 머쓱해져 할머니가 있는 극락전으로 가 보았습니다.

"마하반야바라밀다심경 관자재보살 행심반야바라밀다시 조

48

견…… 아제아제 바라아제 바라승아제…….”

지유는 극락전 법당에서 들려오는 반야심경[❀]을 따라 중얼거렸습니다. 물론 무슨 뜻인지는 잘 모르지만요. 할머니가 집에서 자주 들어 귀에 익숙합니다.

‘민석이가 있으면 안 심심할 텐데…….’

지유는 민석이와 지난주에 캐치볼 놀이를 했던 일을 떠올리며 씁쓸한 표정을 지었습니다. 민석이만 있으면 여자 아이들이 있어도 강당에서도 뛰어놀 수 있습니다. 잡기놀이를 하며 큰소리로 떠들 수도 있고요. 하지만 혼자 있으면 왠지 쑥스럽고 일 년 넘게 본 아이들에게 인사하는 것조차 어색합니다.

지유는 절 주변을 이리저리 돌아다녔습니다. 눈을 감고 다닐 수 있을 정도로 익숙한 길상사가 오늘따라 어색하고 따분함마저 밀려듭니다. 지유는 땅에 떨어진 나뭇잎을 발로 걷어찼습니다. 나뭇잎이 공중에 사뿐히 오르는가 싶더니 다시 땅으로 스르르 떨어졌어요. 또다시 발길질을 했습니다.

❀ **반야심경** 불교의 근본 사상과 부처님의 말씀을 전하는 대반야바라밀다경의 요점을 간결하게 설명한 짧은 경입니다.

"아얏!"

순간 지유가 얼굴을 감싸며 소리를 질렀습니다. 지유의 얼굴에 마치 번갯불이 확 지나간 것 같았어요.

'뭐지?'

얼굴을 감쌌던 두 손을 치우자 한 남자 아이가 지유 앞에서 헤헤~ 하고 웃어댔습니다. 그러고는 도망치듯 극락전 쪽으로 후다닥 내뺐습니다.

'뭐야, 저 녀석! 부딪쳤으면 미안하다고 해야지, 도망을 가!'

지유는 화가 나 그 아이를 노려보았습니다. 당장에라도 쫓아가서 따지고 싶었지만, "절에서는 싸우면 안 된다"는 할머니 말씀이 떠올라 참았습니다. 그런데 어느새 그 아이가 지유 앞으로 쪼르르 달려왔습니다. 지유는 달려오는 아이를 보며 놀라 몸을 움츠렸습니다. 너무 갑작스러운 일이었거든요.

아이는 관세음보살 상 앞에 딱 멈춰 서더니 까치발을 하고는 길게 손을 뻗었습니다.

"아!"

놀란 지유가 탄성을 내질렀습니다. 그 아이가 관세음보살 상을

어떻게 할 것만 같았거든요. 지유는 목을 길게 빼고 그 아이가 무엇을 올리는지 쳐다보았습니다. 그런데 그 아이가 관세음보살님 발밑에 뭔가를 가까스로 올려놓는 거예요.

'뭐야, 저건 돌이잖아?'

지유의 입이 떡 하니 벌어졌습니다. 관세음보살님 발밑에 올려놓은 건 쌀도 양초도 꽃도 아닌 돌이었어요. 그것도 흙이 잔뜩 묻어 있는 돌멩이였어요! 지유가 주위를 두리번거렸지만 아무도 그 아이를 눈여겨보는 사람이 없었습니다. 그 아이는 다시 뛰어가 돌을 주워 왔습니다. 이번에는 제법 큰 돌이었어요. 누가 그만두라고 말하지 않으면 계속할 모양이에요. 지유가 다가가 소리쳤습니다.

"야!"

그 아이가 깜짝 놀라 홱 돌아섰습니다.

"너 지금 뭐하는 거야? 어서 그 돌 치우지 못해!"

지유가 말했지만 그 아이는 듣지 못하는 사람처럼 아무런 반응이 없었습니다. 지유를 쳐다보지도 않고 다시 돌을 가지고 왔어요.

“그만하라니까!”

지유가 그 아이의 팔을 낚아채며 손에 있던 돌을 움켜쥐었습니다. 그 아이도 지지 않고 손에 힘을 주었습니다. 어찌나 힘이 센지 조그마한 손가락이 좀처럼 펴지지 않았어요.

“얼른 버리라니까, 얼른!”

지유가 아무리 말해도 그 아이는 지유를 노려보며 씩씩대기만 했습니다. 여전히 손에 힘을 잔뜩 주고 말이죠. 지유는 간신히 그 애 손가락을 펴서 돌을 빼냈습니다. 그러고는 돌을 휙 멀리 내던졌습니다.

“아아앙! 아아, 내 돌, 내 돌!”

갑자기 아이가 울음을 터트렸어요. 큰 목소리 때문에 느티나무 아래에 앉아 있던 사람들이 지유 쪽을 힐끔거렸습니다. 마치 지유가 그 아이를 못살게 구는 거라고 생각하는 것 같았어요.

“승민아, 왜 그러니? 울지 마. 승민이, 뚝!”

어느새 엄마로 보이는 아주머니가 다가와 아이를 안고 달랬습니다.

“제가 안 때렸어요! 자꾸 보살님 발밑에 돌을 올리잖아요.”

지유는 변명 아닌 변명을 하게 되었습니다. 아주머니가 자기 말을 믿지 않고 화를 낼까 봐 걱정이 되었어요. 마침 화장실에 가려고 나왔던 할머니가 지유 쪽으로 성큼성큼 다가왔습니다.

“지유야, 무슨 일이냐?”

할머니가 놀란 얼굴로 서둘러 물었습니다.

“할머니, 나 애 안 때렸어요. 애가 자꾸 보살님 발밑에 돌을 올려서 하지 말라고 한 거예요.”

할머니가 어리둥절한 얼굴로 관세음보살 상과 우는 아이를 번갈아 보았습니다. 그러자 아주머니가 고개를 끄덕이며 말했어요.

“승민아, 보살님한테 돌멩이를 드리고 싶었어?”

그 아이는 대답도 하지 않고 고개만 끄덕였습니다. 여전히 훌쩍거리면서 말이죠.

‘뭐, 돌을 드리고 싶었다고?’

지유는 아주머니의 말을 이해할 수 없었어요.

"승민아, 이제 뚝! 어서 뚝!"

"돌, 돌……."

승민이란 아이가 가까스로 울음을 그치더니, 이번에는 돌을 달라고 떼를 썼습니다. 그러자 아주머니는 방금 전 지유가 버렸던 돌을 주워 관세음보살 상 발밑에 올렸습니다. 눈물로 범벅이 된 승민이의 얼굴이 곧 환하게 밝아졌습니다. 지유는 어이없는 표정을 지었습니다.

'기가 막혀서. 뭐 저런 녀석이 다 있어!'

그때 아주머니가 할머니에게 고개를 숙이며 말했습니다.

"죄송합니다. 우리 승민이가 다른 아이들과 좀 달라서요."

승민이는 돌을 보며 히히거렸습니다. 자기 말을 하는데도 우리 쪽을 쳐다보기는커녕 말을 듣지도 않는 것 같았어요. 아! 지유는 그때서야 승민이가 보통 아이들과 다르다는 걸 알았습니다.

"아닙니다. 우리가 더 미안하지요."

할머니도 고개를 숙이며 말했습니다.

"지유야, 너도 미안하다고 해야지."

지유가 얼굴을 찌푸리며 할머니를 쳐다보았습니다.

'내가 뭘 잘못하지 않았는데 왜 미안하다고 해. 아무리 장애인이라고 해도 나쁜 건 나쁜 거라고요.'

지유와 할머니가 서로를 말없이 쳐다보는 사이, 승민이는 제 엄마와 극락전 쪽으로 올라갔습니다.

할머니가 지유의 마음을 읽었나 봅니다. 지유를 보며 언제나 환하게 웃던 할머니의 얼굴이 돌처럼 굳어졌습니다. 걱정과 슬픔이 가득 찬 얼굴로 말이죠. 그리고 이렇게 말했습니다.

"그 돌은 말이다, 우리한테는 그저 흔한 돌멩이일 뿐이지만 그 아이한테는 소중한 물건일 게다. 그래서 보살님께 공양 하고 싶었던 거야. 진실한 마음만 있다면 무엇이든 공양할 수 있단다."

"돌멩이를 공양한다고요? 그건 말도 안 돼요."

지유가 인상을 쓰며 알 수 없다는 표정을 지었습니다.

 공양 공경하는 마음으로 음식이나 재물을 바치는 일이에요.

그때 일을 돌이킬 수만 있다면

법정 스님이 중학교 1학년 때 일입니다.

학교 수업이 끝나고 집으로 돌아갈 때면 교문 밖에서 "찰깍, 찰깍" 엿장수의 가위질 소리가 들렸습니다.

"야, 오늘도 왔나 봐. 오늘도 왔어!"

친구 하나가 집으로 가려는 아이들을 불러 모았습니다.

"우리 오늘도 엿 좀 먹어 볼까나?"

대여섯 명의 아이들이 우르르 밖으로 나가 엿장수를 둘러쌌습니다. 법정 스님도 함께했지요.

"아저씨, 엿 좀 주세요."

“어, 어, 얼마나치?”

엿장수가 더듬거리며 묻고는 한 손으로 엿을 한 움큼 집어 올렸어요. 그 모습이 얼마나 느리고 어설픈지 아이들의 입과 소매 속으로 엿이 들어가는지 알지 못할 정도였답니다.

“많이요. 우린 자주 사 먹으니까 많이 줘야 해요. 크크크.”

아이들이 헤헤거리며 말했습니다.

“그, 그래! 나, 내가 마많이 주주주께.”

엿장수가 어설프게 엿을 자르며 말했습니다. 그는 말도 더듬고 팔도 하나 없는 장애인이라 그 엉성함이란 이루 말할 수 없었죠. 아이들은 엿을 고르는 척하면서 사는 것보다 더 많이 엿가락을 빼돌렸답니다.

“자, 여기 돈 있어요. 아저씨, 많이 파세요.”

아이들은 서너 가락 치밖에 안 되는 돈을 내고는 기고만장하게 생색을 냈습니다. 그러고는 소매 속에 엿가락을 한가득 품고 서둘러 도망치듯 그곳을 빠져나왔습니다.

“그, 그래, 고 고마워. 자잘 가!”

엿장수는 가위 든 손을 높이 흔들며 한 번도 뒤돌아보지 않는

아이들을 향해 인사를 했습니다.

법정 스님은 두고두고 그 일을 후회했습니다. 스님이 된 후에도 그 일 때문에 많이 괴로웠답니다.

"아, 그때 일을 돌이킬 수만 있다면…… 그가 장애인이 아니라 건강한 엿장수였다면 나는 벌써 그 일을 잊어버렸을 것이다."

스님은 그때의 잘못이 그림자처럼 자신을 쫓아다니는 것 같다고 했습니다.

"내가 이 세상에 살면서 많은 허물을 짓고 사는데, 그 일은 용서 받지 못하는 허물 중의 하나다. 다시는 그런 후회스러운 마음의 빚을 만들지 않기를 진심으로 빌며 참회한다."

법정 스님은 자신이 지금까지 살면서 받았던 배신이나 모함이 그때 그 엿장수의 순박한 마음을 저버린 과보 라고 생각하면 능히 참을 수 있었다고 합니다.

과보 인과응보를 줄인 말로, 사람이 짓는 선과 악에 따라 그 갚음을 받는다는 뜻이에요.

지유의 머릿속은 풀리지 않는 실타래처럼 엉망진창입니다. 청명 스님이 강당에 들어왔지만 본 체 만 체 합니다.

“안녕하세요?”

“안녕, 얘들아!”

아이들이 큰소리로 인사를 하자 스님도 반갑게 인사를 건넸습니다.

“자, 줄을 맞춰 부처님 자세로 앉으세요.”

스님의 말에 아이들이 1학년부터 6학년까지 학년별로 줄을 맞춰 앉았습니다. 아이 둘이 장난치며 맨 뒤에서 이리저리 왔다 갔다 했지만 자리가 곧 정리되었습니다. 지유는 4학년 줄 맨 앞에 앉았습니다.

“자, 입정 에 들도록 하겠습니다.”

스님이 죽비를 탁, 탁, 탁 두드리며 눈을 감았습니다. 지유도 눈

 입정 참선과 같은 말로 명상에 드는 것입니다.

을 감고 참선에 들어가려고 노력했어요. 머릿속에 있는 모든 생각을 날려 버리고 싶었습니다. 하지만 자꾸 그 생각만 아른거렸어요.

지유는 무엇보다 할머니의 슬픈 얼굴 때문에 기분이 상했습니다. 잘못은 그 아이가 했는데 할머니가 지유만 탓하는 것 같았어요. 지유 잘못이라고 꾸짖는 것 같았습니다.

'아니야, 아니라고! 그 아이가 잘못한 거야. 아무리 장애인이라고 해도, 아무리 그래도…… 그런데 그 아이는 정말 돌을 공양하고 싶었던 걸까……?'

지유는 문득 1학년 때 같은 반이었던 상범이가 떠올랐습니다. 상범이는 발달장애아였습니다. 아이들은 상범이를 자폐아라고 불렀어요.

어느 날, 상범이가 교실에서 울고불고 난리를 친 적이 있습니다. 누군가 상범이가 가지고 온 팽이를 빼앗았기 때문이에요. 상범이의 팽이를 장난으로 가져간 아이는 얼굴이 하얗게 질려 도로 내놓았답니다. 아이들은 상범이가 그깟 낡은 팽이 하나에 목숨을 건다고 한 마디씩 볼멘소리를 했답니다. 하지만 지금 생각해 보니 그 팽이는 상범이에게 가장 소중한 보물이었는지도 모릅니다. 승민이가 돌을 좋아하는 것처럼 말이죠.

탁! 탁! 탁!

"자, 인사합시다."

스님이 죽비를 두드리며 입정이 끝났음을 알렸습니다. 눈을 뜬 지유의 얼굴에는 한 줄기 슬픔이 자리 잡고 있었습니다.

빨래판 팔만대장경

지유네 가족은 주말에 해인사에 갔습니다. 해인사는 경남 합천에 있는 절이에요. 학교 개교기념일이 겹쳐 토요일부터 2박 3일 가족 여행을 떠난 것입니다. 엄마와 아빠는 하루 휴가를 냈고요.

지유는 승민이 일로 할머니한테 조금 삐쳐 있었지만, 놀러 간다는 말에 금세 그 일을 잊었답니다.

"죽기 전에 팔만대장경 을 다시 한 번 보고 싶구나!"

할머니의 말에 아빠가 한소리를 했습니다.

"어머니도, 참!"

아빠는 할머니가 죽는다는 말을 하면 화를 냅니다. 마치 어린아이가 투정을 하는 것처럼요. 할머니는 생명이 있는 모든 것은 다 죽기 마련이라면서 아무렇지 않다고 했지만, 아빠는 언제나 얼굴을 찌푸립니다.

지유는 할머니가 죽는다는 말을 해도 실감이 나지 않았습니다. 세상에서 사라지면 어떤 느낌일까 생각해도 잘 모르겠습니다.

"아빠, 아직 멀었어요?"

"이제 합천으로 들어가야지."

차가 밀려 대구까지도 한참 걸렸는데, 아직도 한 시간은 더 가야 한다고 했습니다. 한 시간이나 더 가야 한다니…… 지유는 어서 빨리 해인사에 도착했으면 좋겠다고 생각했습니다. 할머니와 엄마는 휴게소에서 산 떡을 오물거리며 먹었습니다.

지유는 차창 밖으로 가게 이름들을 신기한 듯 쳐다보았습니다.

팔만대장경 팔만대장경(국보 32호)은 고려 고종 23년부터 38년에 걸쳐 완성한 대장경입니다. 부처님의 힘으로 외적을 물리치기 위해 만들었으며, 부처님의 말씀과 사람들이 지켜야 할 도리 등을 기록해 놓았어요. 나무판을 바닷물에 3년 동안 담그고 소금물에 삶고 말리는 등 복잡한 과정을 거쳐 한 글자, 한 글자 새긴 것입니다. 원래 이름은 고려대장경인데 팔만대장경이라고 부르는 것은 나무판 수가 8만여 장에 이르고, 불교에서 아주 많은 것을 가리킬 때 팔만사천이라는 말을 쓰는 데서 비롯되었다고 합니다.

가야 상회, 가야 페인트, 가야 식당 등 '가야' 라는 이름이 많이 들어가 있었어요. 그 이유는 합천이 삼국시대 때 가야국의 영토였기 때문에 그 흔적이 남아 있는 거예요. 번화가를 빠져나오자 구불구불 산길이 나왔습니다. 이제 건물은 하나도 보이지 않고 온통 숲길을 달리는 차들뿐이었어요.

해인사 마당에는 사람들이 막 빠져나간 듯 빈 의자들이 줄지어 있었고, 단상 앞에는 화환이 가득 차 있었습니다.

"여보, 무슨 행사가 있었나 봐요!"

엄마가 묻자 아빠가 차에서 내려 두리번거렸습니다. 그러고는 손가락으로 공중을 가리켰습니다. 그곳에는 '6·25전쟁 용사 김영환 장군 호국 추모식 기념행사' 라는 문구가 적혀 있었어요.

"아빠, 김영환 장군이 누구예요?"

"육이오 때 해인사의 팔만대장경을 지킨 장군이란다."

6·25전쟁 당시 해인사 부근 가야산에는 북한군이 숨어 있었습니다. 남한을 도왔던 미군은 김영환 장군에게 해인사를 폭격하라고 명령을 했고요. 북한군의 은신처를 없애기 위해서였죠. 하지만 그는 차마 해인사를 폭격할 수 없었습니다. 그곳에는 우리나

라의 국보인 팔만대장경이 있었거든요.

김영환 장군은 팔만대장경을 지키기 위해 명령을 거부했습니다. 군인이 명령을 거부하는 건 죽음을 각오하는 용기가 필요한 일이지만, 김영한 장군은 기꺼이 목숨을 내놓았어요. 그때 만약 장군이 해인사에 폭격을 퍼부었다면 우리는 팔만대장경을 영영 만나지 못했겠지요!

"할머니, 이제 그만 내려가요."

지유는 팔만대장경을 계속 흘끔거리는 할머니를 보고 투정을 부렸습니다. 가까이 보지도 못하는데 눈이 빠져라 팔만대장경을 쳐다보는 할머니가 이상했습니다.

"할머니는 팔만대장경이 그렇게 좋아요? 저게 뭐가 좋아? 그냥 나무판인데."

지유의 말에 할머니가 하하하 웃음을 터트렸습니다.

"나무판이라, 빨래판보다 낫구나."

할머니 말에 엄마, 아빠도 한꺼번에 웃었습니다. 지유는 자기만 빼놓고 식구들이 모두 웃어대자 심통이 났습니다.

"뭐가 그렇게 웃겨요? 엄마, 아빠 뭐예요? 할머니, 빨래판이 뭔

데요?"

지유가 가르쳐 달라고 떼를 쓰자 할머니가 입을 열었습니다.

"옛날에 어떤 아주머니가 팔만대장경을 보고 나와서 묻더란다. 팔만대장경이 어디 있느냐고. 그래서 법정 스님이……."

법정 스님이 해인사에서 공부할 때 일입니다. 하루는 한 아주머니가 장경각 계단을 내려오더니 스님에게 다가왔습니다.

"스님, 팔만대장경이 어디에 있습니까?"

아주머니가 순박한 얼굴로 물었습니다.

"보살님께서 방금 보고 온 것이 팔만대장경입니다."

법정 스님의 말에 아주머니가 고개를 갸웃거렸습니다.

"저는 아무것도 못 봤는데요?"

"선반 같은 곳에 가지런히 꽂혀 있는 것이 팔만대장경입니다."

"네? 아, 그 빨래판 같은 거요? 그거라면 봤습니다."

⑨ **장경각** 팔만대장경 판이 있는 곳이에요.

빨래판 같다는 아주머니의 말에 스님의 귀가 번쩍 뜨였답니다.

'빨래판이라니? 그렇구나…… 아무리 뛰어난 지혜와 자비의 가르침이라도 제대로 알아볼 수 없다면 다 무용지물이야. 대장경판이 아무리 보물이라고 해도 사람들이 그 뜻을 모르면 한낱 빨래판에 지나지 않는구나.'

그 순간 법정 스님은 부처님의 자비와 지혜를 누구나 만날 수 있도록 쉬운 말과 글로 옮겨야 한다고 생각했습니다. 그래야 많은 사람들이 부처님의 자비와 지혜가 진짜 보물인 걸 알게 될 테니까요.

새벽 예불 길에 만난 함박눈

해인사는 깊은 산속에 있어 꽤 쌀쌀했습니다. 지유네 식구는 저녁 예불*을 드리는 동안 겨울옷을 한 겹 더 입었어요. 겨울이 한 걸음 더 빨리 온 것 같습니다. 저녁 예불 후 할머니와 엄마, 아빠는 새벽 예불을 해야 한다며 일찍 잠자리에 들었습니다.

"너는 늦게까지 자도 돼."

엄마가 지유에게 새벽 예불을 하지 않아도 된다고 했습니다. 할머니도 그렇게 하라고 했고요.

꽃 **예불** 부처님 앞에 경배하는 의식을 말해요.

“나도 해 보고 싶어요.”

지유는 모처럼 멀리 큰 절에 왔는데 식구들과 함께 새벽 예불에 참석하고 싶었습니다. 괜히 자기만 빠지는 게 싫었어요.

“새벽 세 시에 일어나야 해. 일어나기 힘들 텐데 괜찮아?”

“일어날 수 있어요! 꼭 깨워 주세요.”

지유는 엄마에게 일어날 수 있다며 깨워 달라고 당부했습니다. 엄마와 할머니는 고개를 끄덕이며 이불을 깔고 잠자리에 들었습니다. 아빠는 잠이 안 온다고 말해 놓고선 금세 코를 골았어요.

‘일찍 일어나려면 일찍 자야 하는데.’

지유는 잠이 오지 않아 몸을 뒤척였습니다. 집이 아닌 절에서 잔다는 생각에 기분이 이상했습니다. 창호지를 바른 문틈으로 바람 소리가 쉬이쉬이 들려왔습니다. 지유는 곧 자동차 경적소리도, 사람 소리도 들리지 않는 고요한 산중에서 깊은 잠에 빠져들었습니다.

“지유야, 지유야!”

엄마가 지유를 흔들어 깨웠습니다. 지유는 눈도 뜨지 못한 채 웅얼거리며 몸을 뒤척였습니다.

"그냥 둘까요? 우리끼리 나갈까요?"

지유가 잠결에 엄마의 말소리를 듣고 벌떡 일어나 앉았습니다.

"어머니, 지유가 자면서도 듣고 있었나 봐요. 호호호."

엄마가 웃으며 말하자, 할머니가 지유의 등을 쓰다듬었습니다.

"엄마, 나도 갈 거야!"

지유가 부스스 눈을 비비며 말했습니다. 엄마와 아빠, 할머니는 벌써 잠자리를 정리하고 옷을 갈아입은 뒤였어요. 지유는 허겁지겁 옷을 갈아입었습니다. 엄마가 춥다며 겨울 파커와 목도리, 장갑까지 꺼내 주었습니다.

"와아!"

문을 열고 밖으로 나온 지유의 입이 벌어졌습니다.

"눈이에요. 할머니, 눈이 와요!"

밖에는 첫눈이 내리고 있었습니다. 11월 중순밖에 되지 않았는데 싸락눈도 아닌 함박눈이 내렸습니다. 낙엽들과 함께 흩날리는 하얀 함박눈 때문에 마치 다른 세상에 온 것 같았어요.

지유는 강아지처럼 펄쩍펄쩍 마당을 뛰어다녔습니다. 엄마와 아빠도 "와!" 탄성을 내질렀습니다. 법당으로 가는 길, 할머니는 하늘을 올려다보며 혼잣말을 했습니다.

"부처님, 감사합니다."

할머니는 마치 눈을 처음 보는 사람 같았어요. 할머니는 나이가 많으니 지유보다 눈을 더 많이 봤을 텐데도, 새 손님을 맞이하듯 반가워했습니다. 법정 스님께서 말씀하신 일기일회˚를 떠올리고 있는 것일까요? 할머니는 식구들과 함께 해인사에 온 것도, 새벽 예불을 가다가 만난 첫눈도 그저 감사할 따름입니다.

˚ **일기일회(一期一會)** 한 번의 기회, 한 번의 만남을 의미합니다. 지금 이 순간에 감사하고 무엇이든 소중하게 생각하는 마음입니다.

발우공양과 냄새 나는 화장실

둥~ 둥, 두~ 둥둥~

해인사 법고 소리가 가야산 곳곳으로 퍼져 울렸습니다. 새벽 예불을 드린 지유네 가족은 발우공양에 참여해 보기로 했습니다. 할머니와 아빠는 발우공양을 해 본 적이 있지만, 엄마와 지유는 처음이었어요.

✿ **법고** 절에서 예불할 때나 의식을 거행할 때 치는 큰북입니다. 북을 쳐서 이 세상 모든 동물들에게 부처님의 자비와 지혜를 전하는 것이지요. 법고뿐만 아니라 물고기 모양의 목어를 쳐서 수중 생물에게, 구름 모양의 운판을 쳐서 날아다니는 새들에게도 부처님의 자비를 전한다고 합니다. 범종을 쳐서 그 울림을 통해 지옥에 있는 생명에게 부처님의 자비와 지혜를 전하기도 합니다.

"지유야, 발우공양 은 감사하는 마음으로 밥을 먹는 거야. 밥을 다 먹으면 밥그릇에 물을 부어 그 찌꺼기까지 다 먹어야 한단다."

할머니의 말에 지유가 얼굴을 찌푸렸습니다. 아무리 그래도 깨끗한 컵도 아니고 밥그릇에 물을 부어 먹는 건 좀 지저분한 것 같았어요. 지유는 밥을 최대한 느리게 먹었습니다.

'지금이라도 못한다고 할까? 그럼 할머니와 아빠가 실망하시겠지?'

할머니와 아빠는 밥을 다 먹자, 그릇에 물을 조금 채웠습니다. 그러고는 그 물로 밥그릇을 깨끗이 헹궜습니다. 물은 금세 밥그릇에 묻어 있던 찌꺼기 때문에 지저분해졌어요.

'저 물을 마시라고?'

지유는 발우공양을 하고 싶었던 마음이 싹 달아났습니다. 아빠

발우공양 발우란 스님들이 먹는 그릇, 공양은 밥 먹는 것을 뜻합니다. 발우공양이란 절에서 스님들이 먹을 만큼만 덜어 먹는 식사법이에요. 말소리를 비롯해 그릇 소리와 먹는 소리 등 일체의 소리를 내지 않는 수행의 한 과정입니다. 발우공양은 밥 한 톨 남김없이 먹어서 환경을 지키고 나와 남을 위한다는 참뜻을 갖고 있어요.

와 할머니는 싫은 내색 없이 단숨에 물을 마셨습니다. 더군다나 할머니는 자신이 어린 시절에도 그렇게 물을 마셨다고 했습니다.

"할머니, 나 못 하겠어요."

지유는 참지 못하고 결국 속내를 털어놓았습니다. 할머니는 괜찮다며 밥만 남기지 말고 깨끗이 먹으라고 했습니다.

"그건 할 수 있어요."

지유가 힘차게 말하고는 서둘러 밥을 먹었습니다. 식사가 끝난 뒤 엄마와 아빠는 방으로 차를 마시러 갔습니다. 할머니와 지유는 해인사 경내를 돌며 이것저것 구경을 했어요.

"지유는 발우공양이 지저분하다고 생각하니?"

"……."

"어릴 때부터 물을 컵에 따라 마셨으니까 그렇게 생각하는 건 당연하지. 할머니도 그렇게 자랐으면 똑같이 생각했을 게다."

할머니가 계단을 오르다 힘들어선지 잠시 숨을 고르며 말을 이었습니다.

"그런데 지유야, 발우공양을 하지 않더라도 지저분하다는 생각은 하지 않았으면 좋겠구나. 모든 것은 마음먹기에 달렸단다. 지저분하다는 생각도 마음을 달리 먹으면 다르게 보인단다.”

지유가 고개를 끄덕였습니다. 할머니 말처럼 발우공양의 의미를 다시 생각해 보았습니다.

법정 스님은 20년 전 인도에 간 적이 있습니다. 스님은 거대한 불교 석굴인 아잔타 석굴을 보기 위해 밤기차를 탔습니다. 기차 안에는 발 디딜 틈 하나 없이 사람들로 가득했어요. 바닥에 대자로 누워 잠을 자거나 통로에 앉아 있는 사람도 있었습니다.

스님은 여기저기를 살피다가 화장실 두 개가 마주한 틈새에 겨우 자리를 잡았습니다. 그런데 화장실 앞이니 불편한 점이 한두 가지가 아니었어요. 화장실을 계속 들락거리는 사람들에게 자리를 비켜주는 일은 그래도 참을 수 있었습니다. 하지만 지린내와 똥냄새는 눈이 따가울 만큼 지독했지요.

‘으이구, 냄새야! 내가 왜 이런 고생까지 하며 여행을 계속해야 하는지 모르겠네!’

하지만 시간이 지나면서 스님의 생각이 점점 바뀌었습니다.

‘옛날 승려들은 오로지 두 발로 걸어서 그 멀고 험난한 사막과 산을 넘으며 여행을 하지 않았는가. 그래도 나는 이렇게 열차와 비행기를 타고 다닐 수 있으니 얼마나 편하게 여행을 하는 것인가!’

스님은 기차 바닥에 아무렇게나 드러누운 사람들을 바라보았습니다. 그들은 모두 기차 바닥이 자기들 집인 양 달콤한 잠에 빠져 있었어요.

‘저들도 아무렇지 않게 바닥에 누워 잠을 청하는데, 나라고 못할 게 무엇인가! …… 아, 모든 것이 마음먹기에 달려 있구나!’

스님 마음속에 있던 화가 눈 녹듯 사그라졌습니다. 마음을 달리 먹으니 냄새 나는 화장실이 어느새 맑고 향기로운 도량으로 변했습니다. 냄새 나는 화장실은 스님을 깨우쳐 준 고마운 도량이었다고 합니다.

자연처럼 위대한 스승은 없다

● 법정 스님의 글을 읽고 자신의 생각과 느낌을 적어 보세요.

법정 스님 무더운 한여름이었어요. 오랜 기간 가뭄으로 나무뿐만 아니라 텃밭에서 기르던 고추와 채소들이 힘없이 축 늘어져 있었어요. 그 모습을 보니 마음이 아팠지요. 그런데 가뭄 끝에 단비가 내렸습니다. 너무 기뻐 바깥으로 나가 한없이 단비를 맞았답니다. 텃밭을 보니 단비를 맞은 고추와 채소들이 힘차게 고개를 쳐들고 있었어요. 그때, 온몸으로 물보살의 은혜가 느껴졌습니다. 여러분도 물에게 고마움을 느낀 적이 있나요?

법정 스님 새봄의 흙냄새를 맡으면 생명의 환희 같은 것이 가슴 부풀어 오르지요. 흙은 우리들 생명의 젖줄일 뿐 아니라 우리에게 많은 것을 가르쳐 주어요. 씨앗을 뿌리면 움이 트고 잎과 가지가 펼쳐져 거기서 꽃과 열매가 맺히지요. 평소에 생각했던 흙의 느낌과 생각을 적어 보세요.

법정 스님 내 방에는 3년째 겨울 동안 함께 지내는 이끼 낀 돌이 있답니다. 이끼 돌은 모양이 마치 토끼 같아 '초록빛 토끼'라고 이름도 붙여 주었어요. 나와 초록빛 토끼는 침묵의 대화를 나누는 유일한 도반이랍니다. 여러분에게도 생명을 불어넣어 주고 친구처럼 지내는 무생물이 있나요?

법정 스님 내가 사는 곳은 깊은 산속이라 동물들이 많답니다. 하지만 겨울에는 몹시 추워 산짐승들이 먹이를 구하기가 어렵답니다. 그래서 한겨울 그들의 먹이를 챙겨 주는 것은 내 몫이에요. 얼음을 깨서 물을 주기도 하고요. 동물들을 위해 어떤 일을 할 수 있을까요?

법정 스님 산은 늘 새롭습니다. 숲이 있고, 새와 동물들이 있고, 시냇물이 있는 곳. 무더운 여름날이면 시냇물이 그리워 산을 생각한답니다. 하지만 요즘 관광 개발로 인해 산다운 산이 사라져 가고 있답니다. 개발이 먼저일까요, 자연 보호가 먼저일까요?

세잎

욕심을 버리면 행복해져요

법정 스님은 어떤 물건이라도 하나만 가져야지 둘을 가지면 그 하나까지 잃게 된다는 것을 깨달았습니다. 무소유는 단순히 아무것도 갖지 않는 것이 아니라, 자신에게 꼭 필요한 것을 갖되 적게 가져야 한다는 뜻입니다.

버려진 연필을 주울까, 말까

학교 공부를 마치고 집으로 돌아가는 길이었습니다. 아파트 입구에서 같은 동에 사는 범진이가 낯선 아주머니와 이야기를 하고 있었어요.

"이름이 이범진이라고?"

범진이가 아주머니의 말에 고개를 끄덕였습니다.

"집 전화번호는?"

범진이는 전화번호를 또박또박 잘도 얘기했습니다.

"이거 가지고 가. 선물이야! 선생님이 이따 저녁에 전화할게."

아주머니가 범진이에게 선물 주머니를 건넸습니다. 범진이는

선물 주머니를 받아 들고 총총히 걸어갔어요.

지유가 보기에 그 아주머니는 학습지 선생님이 틀림없습니다. 지유도 1학년 때 학습지 선생님에게 붙들려 이름과 전화번호를 말한 적이 있거든요. 선물을 준다는데, 이름과 전화번호를 말하는 게 뭐 어렵겠어요!

하지만 지유는 요즘 그런 선생님들이 싫습니다. 그 선생님이 엄마한테 전화하면 학습지가 하나 더 늘어날지도 모르니까요. 지유는 학습지 선생님이 자기를 부를까 봐 입구를 지날 때 빠른 걸음으로 걸었습니다. 하지만 지유가 한 발 늦고 말았어요.

"얘!"

지유는 자기도 모르게 뒤돌아서고 말았습니다. 이런!

"이름이 뭐니?"

"저 안 해요. 학원도 다니고 학습지도 무지 많이 하고 있어요."

지유가 재빨리 둘러댔습니다.

"그래? 몇 학년인데?"

선생님은 지유를 가로막고 서서 끈질기게 물었습니다. 지유는 안 되겠다 싶어 범진이를 부르며 앞으로 달려갔습니다.

“범진아!”

범진이는 마침 선물 주머니를 열어 보고 있었습니다. 제일 먼저 나온 건 학습지를 광고하는 종이였습니다.

“어? 형!”

“그거 학습지 선생님이 준 거지? 선물도 있을 거야. 형도 옛날에 많이 받아 봤거든.”

지유가 범진이의 손에 든 선물 주머니를 뚫어져라 쳐다보았습니다. 학습지 선생님을 피해서 왔지만, 선물은 몹시 궁금했어요. 그런데 범진이가 선물을 보자마자 투덜거렸습니다.

“치, 이게 뭐야?”

선물은 겨우 연필 세트였습니다. 범진이가 서둘러 연필 하나를 빼내고 이리저리 살펴보았습니다.

“에이, 촌스러워! 캐릭터도 없잖아.”

범진이는 노란색에 아무 그림도 없는 연필을 보더니 잔뜩 실망한 표정을 지었습니다. 지유도 내심 무얼까 기대했는데 실망하긴 마찬가지였어요.

범진이가 지유에게 연필을 건네며 물었습니다.

"형 가질래?"

지유는 아무 대꾸도 하지 않았습니다. 연필이라면 자신도 많이 갖고 있으니까요. 더군다나 학습지 이름이 떡 하니 박힌 촌스러운 연필은 싫었어요. 지유가 뚱한 표정을 짓자, 범진이가 선물 주머니를 바닥에 툭 내버렸습니다. 지유가 놀라 물었습니다.

"야, 여기다 버리면 어떡해?"

선물 주머니에서 연필 하나가 튕겨 나와 길바닥에 나동그라졌습니다.

"몰라! 나 안 가질 거야."

범진이는 아무렇지도 않은 듯 제 갈 길을 가 버렸습니다. 갖기 싫다고 길에다 버리다니, 지유는 이해가 되지 않았습니다.

"야, 버리려면 쓰레기통에 버려야지!"

지유가 소리쳤지만 범진이는 자기 집 통로로 쏙 들어갔습니다. 지유는 땅에 버려진 연필과 선물 주머니를 우두커니 쳐다보았습니다. 연필을 주울까, 말까 망설였습니다. 하지만 사람들이 거지라고 놀리면 어떡하나 걱정이 되었어요. 보는 사람도 하나 없는데 지유의 얼굴이 금세 홍당무가 되었습니다.

‘에잇~ 나도 몰라. 내가 버린 것도 아닌데 뭘! 연필이 필요한
것도 아니고……’

더군다나 바닥에 떨어진 걸 줍고 싶지 않았습니다. 지유는 괜스
레 쿵쾅거리는 가슴을 붙잡고 집을 향해 뛰어갔습니다.

“내 강아지, 왜 이렇게 뛰어다녀? 무슨 일 있나?”

“네? 그냥요. 추워서요.”

“간식 줄 테니 손 씻고 와라.”

식탁에는 할머니가 읽다 만 법정 스님의 책이 올려져 있었습
니다.

참으로 행복하였네

"스님 사오라신 연필 한 다스 여기 있습니다."

시자※가 법정 스님이 부탁한 연필 한 다스를 내놓았습니다. 그러면서 말을 덧붙였어요.

"스님, 연필 가격이 무척 쌉니다. 한 다스에 천 원밖에 안 해요."

법정 스님이 연필을 받아 보고는 함박웃음을 지었습니다. 그러더니 연필 여섯 자루를 시자에게 건네주었습니다.

❀ **시자** 스님을 모시며 시중드는 사람을 말해요.

“자, 이건 자네 심부름 몫이야.”

시자가 고개를 저으며 말했습니다.

“스님, 저는 연필을 잘 쓰지 않습니다. 볼펜을 쓰는 걸요.”

“여섯 자루면 1년을 쓰고도 남을 거야.”

스님은 연필 여섯 자루를 쥐고 좋아서 어쩔 줄 몰랐습니다.

“몇 년 만에 사 보는 연필인지 모르겠어. 아직도 문구점에 들어
서면 마음이 설렌다네.”

“스님, 연필이 그렇게 좋으십니까?”

시자는 어린 아이처럼 좋아하는 법정 스님의 마음이 궁금했습
니다.

“좋고말고. 행복해. 무소유로 살아야 한다지만 나는 이 연필 몇
자루는 꼭 갖고 싶어.”

“세상 사람들이 연필 몇 자루 가지고 그런다고 비웃을 겁니다.”

시자가 헛웃음을 내며 대꾸했습니다.

“내가 어릴 때만 해도 전쟁 중이라 문구류가 얼마나 귀했는지
몰라. 바다 건너에서 온 잠자리표 연필 한 자루만 갖고 있어도 반
친구들이 모두 부러워했지…… 요즘 사람들은 이것저것 가진 것

이 너무 많아. 너무 많이 먹고, 너무 많은 옷을 입지. 많은 재산과 권력을 가지려고 안간힘을 쓴단 말이야. 하지만 그런 것들은 절대 행복을 가져다주지 않지.”

법정 스님은 연필을 코에 갖다 대며 가만히 눈을 감았습니다. 연필을 깎을 때 은은하게 풍기는 향나무 냄새며, 사각사각 부드럽게 깎이는 나뭇결에서 까맣게 잊어버린 유년 시절의 먼 기억이 떠올랐어요. 스님의 얼굴에 행복한 웃음이 가득 뱄습니다.

시자는 그런 법정 스님을 보며 자신의 몫으로 받은 연필을 꼭 쥐었습니다. 법정 스님은 다음 날 일기를 썼습니다.

몇 년 만에 산 연필인가. 문구점에 들어서면 내 마음은 아직도 풋풋한 소년의 가슴마냥 부풀어 오른다. …… 단돈 천 원을 주고 사온 연둣빛 투명한 내 유년 시절의 속 뜰. 어제 난 참으로 행복하였네.

생각 주머니를 나쁜 일에 썼어요

히히히, 크크크!

아이들이 민석이를 보며 웃음을 터트렸습니다. 민석이가 원숭이 흉내를 선보였기 때문이에요. 여자 아이들은 유치하다고 하면서도 까르르 잘도 웃습니다. 지유도 옆에서 민석이를 따라 흉내를 냈습니다. 생각만큼 잘 안 됐지만 아이들이 웃자 덩달아 기분이 좋았어요. 그런데 순간 민석이의 머리 위에서 탁! 탁! 큰소리가 났어요.

"요놈!"

강당으로 들어온 청명 스님이 죽비로 민석이의 머리를 가볍게

쳤습니다. 민석이가 "아얏"하며 머리통을 쥐었습니다. 지유는 서둘러 도망가려 했지만 스님에게 잡히고 말았답니다.

"같이 까불었으면서 혼자만 살려고? 친구를 배신한 죄로 너는 한 대 더 추가!"

청명 스님이 지유의 머리통을 탁! 탁! 탁! 세 번 내리치자 아이들의 웃음보가 또다시 터졌습니다. 지유와 민석이는 입술을 댓 발 내놓고 아이들 곁으로 가 섰습니다.

오늘은 부처님에 대한 이야기를 듣는 시간입니다. 아이들이 둥글게 모여 앉아 귀를 기울였습니다.

"사람들은 모두 생각 주머니라는 걸 갖고 태어난단다."

"생각 주머니요?"

잠시도 가만히 앉아 있지 못하는 민석이가 엉덩이를 들썩이며 물었습니다. 스님이 몇 번이나 앉으라고 했지만 말을 듣지 않았어요. 스님은 결국 지유에게 민석이를 앉히라는 시늉을 해 보였습니다. 지유가 민석이의 바짓가랑이를 잡아당겼어요.

"누구나 생각 주머니를 가지고 태어난다. 나이를 먹을수록 커지는 신기한 주머니지. 하지만 생각 주머니가 커진다고 꼭 좋은 것만은 아니야.”

아이들이 스님의 말에 고개를 갸웃거렸습니다. 스님은 무슨 말을 하고 있는 것일까요? 민석이는 스님의 말을 듣는 둥 마는 둥 하며, 자꾸만 지유의 엉덩이를 찌르며 장난을 걸어왔습니다.

“하지 마!”

지유가 나직이 속삭였습니다. 스님의 얘기가 궁금했기 때문이에요.

“커진 생각 주머니를 잘 써야 하기 때문이란다. 종종 생각 주머니를 나쁜 일에 쓰는 사람도 있거든. 커진 생각 주머니를 좋은 일에 쓰는 것이 바로 ‘지혜’란다.”

이야기를 마친 스님이 이번 한 주 동안 생각 주머니를 나쁜 일에 쓴 일이 없는지 눈을 감고 생각해 보라고 했습니다.

“스님, 저는 없어요. 생각 주머니를 쓴 적이 없으니까요.”

엉뚱한 민석이의 말에 아이들이 크크크 웃음을 터트렸습니다. 지유도 기가 막힌 표정으로 민석이를 쳐다보았어요.

“자, 지금부터 눈을 감고 생각해 보거라.”

아이들이 스님의 말에 따라 눈을 감았습니다. 민석이는 정말 없

다면서 투덜거렸고 눈도 감지 않았어요. 하지만 지유는 눈을 감고 한 주 동안의 일을 떠올려 보았습니다. 교실에서 친구들과 놀다 친구의 어깨를 밀었던 일, 장난을 치다 엄마에게 야단맞은 일이 떠올랐습니다. 하지만 지유 생각에 그런 일들은 생각 주머니를 나쁜 일에 쓴 것 같지 않았어요.

그런데, 잠깐! 갑자기 땅에 버려진 연필이 생각났습니다. 지유는 가슴이 철렁 내려앉는 것만 같았어요. 누군가 옆에서 "나쁜 일에 생각 주머니를 쓴 거야!"라고 속삭이는 것 같았습니다.

'나도 몰라. 내가 버린 것도 아닌데 뭘.'

'남이 버린 연필을 줍지 않았다고 욕할 사람은 없어!'

'내가 줍는 걸 누군가 보고 나를 거지라고 놀리면 어떡해! 필요한 사람이 주워 갔을지도 몰라.'

지유는 집으로 들어가며 했던 생각들이 떠올랐습니다.

'연필은 어떻게 됐을까? 누가 주워 갔을까? 관리소 아저씨가 청소하다가 치웠을까?'

"물건을 아끼고 소중히 하라"는 부처님의 말씀이 북소리처럼 둥둥 울리는 것 같았어요.

다시는 민석이와 놀지 않을 거야!

어린이 법회는 청명 스님의 말씀이 끝난 후에 요리, 음악, 게임 등의 활동으로 이어집니다. 자원봉사 선생님이 가르쳐 주는데, 오늘은 즐거운 요리시간이에요.

"얘들아, 책상 옮기자."

선생님은 들어오자마자 아이들과 함께 한쪽 구석에 있던 책상을 옮겼습니다. 학년별로 여섯 조로 나누고 음식 재료도 받았어요. 선생님이 먼저 시범을 보였습니다.

"자, 오늘은 주먹밥을 만들 거예요. 먼저 그릇에 있는 재료를 이렇게 잘게 썰어요."

아이들은 선생님의 시범을 보고 작은 과도로 피망, 당근, 연근 등을 썰기 시작했습니다.

"으윽, 끈적끈적해!"

민석이가 연근을 썰다가 투덜거렸습니다. 그러면서 지유와 아이들의 옷에 자신의 손을 마구 문질러댔어요. 선생님께서 그런 민석이에게 주의를 주었습니다. 그러자 민석이는 금세 연근을 던져 넣고 당근을 썰기 시작했어요.

"자, 재료를 다 썬 조는 앞으로 가져와요. 프라이팬에다 볶을 거예요."

선생님은 앞에서 가스 불을 켜고 프라이팬에 기름을 둘렀습니다. 6학년 형들이 제일 먼저 앞으로 나가서 차례를 기다렸습니다. 민석이는 빨리 나가고 싶은 마음에 당근과 피망을 엉망진창, 큼직하게 썰었습니다. 지유가 얼굴을 찡그리며 말했습니다.

"야, 이게 뭐야? 이렇게 크게 썰면 주먹밥을 어떻게 만드냐!"

"몰라! 빨리 썰어야 얼른 만들지."

민석이는 채소를 여전히 듬성듬성 썰었습니다. 지유는 못마땅했지만, 누가 민석이의 고집을 꺾을 수 있겠어요! 강당에는 벌써

부터 고소한 냄새가 폴폴 코를 찔렀습니다. 지유는 입안에 고이는 침을 꼴깍 삼켰습니다. 이제 고슬고슬한 밥을 넣고 비벼 주먹밥만 만들면 됩니다. 큰 그릇에 밥을 넣자 하얀 김이 몽글몽글 올라왔어요.

"야, 내가, 내가 비빌게."

민석이가 자신이 비비겠다며 지유의 주걱을 빼앗았습니다.

"야, 제대로 비벼. 여기저기 다 튀잖아."

화가 난 지유가 한 마디 했습니다. 하지만 민석이는 여전히 빠르고 거칠게 비볐습니다. 여기저기 재료와 밥알이 그릇 밖으로 튀어나갔습니다.

"자, 이제 비빈 밥과 야채를 동그랗게 뭉쳐 주먹밥을 만들어 보세요."

선생님이 능숙하게 주먹밥 하나를 금세 완성했습니다. 지유도 선생님을 따라 밥을 쥐고 주먹밥을 만들었어요. 하지만 피망과 당근이 너무 커서 주먹밥 모양이 제대로 나오지 않았습니다. 게다가 이번에는 민석이가 당근과 피망을 골라 지유의 그릇에 올려 놓는 게 아니겠어요? 지유가 민석이를 째려보며 소리쳤습니다.

“하지 마!”

그것은 민석이가 썬 굵디굵은 채소들이었어요. 지유는 당근과 피망을 도로 민석이의 그릇에 옮겼습니다. 이번에는 민석이가 지유에게 피망과 당근을 던졌습니다. 피망 조각이 지유의 얼굴을 때리고 땅바닥에 떨어졌어요. 민석이가 킥킥대며 웃음을 터트렸습니다.

선생님이 고개를 들고 무슨 일이냐고 물었습니다. 그러자 민석이는 아무 일도 없다는 듯 조용히 주먹밥을 만들었습니다. 입안 가득 웃음을 잔뜩 참으면서 말이죠. 지유는 그런 민석이를 보자 화가 머리끝까지 솟았습니다. 그래서 만들고 있던 주먹밥을 민석이의 얼굴에 던지고 말았습니다.

“아!”

민석이의 외마디 비명과 함께 주먹밥이 바닥으로 떨어졌습니다. 바닥에 떨어진 밥이 흉하게 뭉개지고, 속에 있던 재료들도 여기저기 튀어나갔습니다. 주먹밥을 만들던 아이들이 모두 굳은 얼굴로 민석이와 지유를 쳐다보았습니다.

어느새 스님이 들어와 지유 뒤에 서 있었어요. 스님은 죽비로 지유의 머리를 때리지 않았습니다. 다만 엄한 얼굴로 서 있을 뿐이었어요. 그것은 스님이 화가 아주 많이 났다는 뜻입니다.

"지유랑 민석이는 점심 공양 하지 말고 남거라."

아이들은 모두 자리를 정리하고 점심 공양을 하러 후원 선열당으로 달려갔습니다. 스님도 곧 따라 나갔습니다.

"에이, 뭐야 스님은 밥 먹으러 가고, 우리는 밥도 못 먹게 하는 거야?"

스님이 나가자마자 민석이가 짜증 섞인 목소리로 말했습니다. 지유는 기가 막혔습니다. 누구 때문에 이렇게 벌을 받고 있는데 스님 탓을 하고 있으니 말이에요. 민석이가 눈치 없이 말을 걸었습니다.

"지유야, 배고프지?"

"너는 지금 그걸 말이라고 하냐?"

민석이가 무슨 말인지 몰라 어리둥절한 표정을 지었습니다. 지유는 자신이 낼 수 있는 가장 화난 목소리로 말했어요.

"누구 때문에 이렇게 벌을 받고 있는데!"

"이게 왜 나 때문이야, 너 때문이지! 네가 주먹밥을 던졌잖아."

민석이가 소리쳤습니다. 뭐라고? 지유는 이제 아무 말도 하고 싶지 않았습니다. 정말 해도 해도 너무 합니다. 지유는 더 이상 민석이를 쳐다보지 않았어요.

'내가 다시는 너랑 절에 같이 오나 봐라. 놀이터에서 놀자고 불러도 절대 안 나갈 거야.'

민석이는 지유가 화가 난 걸 정말 모르는 모양이에요. 아무 대꾸도 없는 지유를 뚱한 얼굴로 보더니 혼잣말로 투덜거렸습니다.

"아, 배고파 죽겠는데 주먹밥도 못 먹고, 이게 뭐야!"

민석이는 기린처럼 목을 길게 빼서 창문 너머를 훔쳐보았습니다. 겨울바람이 세차게 불고 있었어요.

얼마나 지났을까요? 지유의 배에서 꼬르륵 소리가 났습니다. 다리도 아팠어요. 하지만 지유는 부처님 자세로 앉은 채 참았습니다. 민석이는 아까부터 따뜻한 방바닥에 얼굴을 파묻고 누워 있었어요. 잠이라도 자는 걸까요?

그때, 강당 문이 스르륵 열렸습니다. 놀란 민석이가 후다닥 일어나 등을 꼿꼿이 세우고 부처님 자세를 했습니다.

"잘못했습니다. 스님."

민석이가 우는소리로 넙죽 잘못했다고 빌었습니다. 지유가 황당한 얼굴로 민석이를 쳐다보았습니다.

"그래, 뭘 잘못했느냐?"

"음식으로 장난쳐서요. 음식 가지고 장난치면 안 되잖아요."

'그것뿐이야?'

지유가 민석이를 쳐다보며 속으로 물었습니다. 아무래도 친구를 괴롭힌 것은 잊어버렸나 봅니다. 지유는 민석이가 점점 더 미웠습니다. 스님이 천천히 입을 떼며 말했습니다.

"네가 오늘 장난친 음식은 모두 시주를 해서 받은 것이다. 시주한 음식을 함부로 버리면 어떻게 된다고 했느냐?"

민석이가 알지 못하는 듯 멍한 얼굴로 스님을 바라보았습니다. 지유는 스님이 무슨 말을 하고 있는지 알고 있었어요. 지유는 곧 스님이 들려준 그 얘기가 떠올랐습니다.

밥 한 톨, 비누 한 조각

법정 스님이 스승인 효봉 스님을 모시고 있을 때 일입니다. 효봉 스님은 법정 스님에게 출가를 허락하고 법명을 지어준 아버지와 같은 큰스님입니다.

하루는 효봉 스님이 법정 스님을 우물가로 불렀습니다.

'내가 뭘 잘못했나? 스님께 야단을 맞으면 어떡하지?'

효봉 스님이 뒷짐을 지고 말했습니다.

"여길 보아라."

'대체 스님이 말씀하시는 데가 어디지?'

효봉 스님이 아무 데도 가리키고 있지 않으니 법정 스님이 모르는 것은 당연했어요.

"스님, 무엇을 말씀하시는 겁니까?"

"네 눈에는 보이지 않는 모양이구나."

"예. 잘 모르겠습니다."

법정 스님은 솔직하게 말했습니다. 그렇지 않으면 효봉 스님께 꾸중을 듣습니다. 효봉 스님은 모르면 모른다고 해야지 둘러대는 사람을 좋아하지 않았어요. 효봉 스님은 직접 가르쳐 주겠다며 뒷짐을 풀었습니다.

"가서 빈 그릇과 젓가락을 가져오너라."

법정 스님은 갑자기 젓가락과 빈 그릇을 가지고 오라는 말에 어리둥절했습니다.

"어디다 쓰시게요?"

"가져오면 알 것이다."

법정 스님이 재빨리 부엌에서 빈 그릇과 젓가락을 가져와 내밀었습니다.

"스님, 여기 있습니다."

    젓가락과 그릇을 받아
든 효봉 스님은 우물가
에 자리를 잡고 앉았습
니다. 그런데…… 효봉
스님이 우물가 바닥에 떨
어진 밥알과 시래기를 젓가락
으로 건져서 빈 그릇에 담는 게 아니겠어요? 그것들은 법정 스님
이 설거지를 하면서 흘린 찌꺼기였어요.

　"이것을 어떻게 할까나?"

　효봉 스님이 법정 스님에게 그릇을 보이며 물었습니다.

　"헌식대˚에 올려놓고 오겠습니다."

　법정 스님이 그릇을 들고 바로 달려갈 태세였습니다. 하지만 효
봉 스님이 고개를 저으며 말했어요.

　"그럴 것 없다. 시주한 것을 함부로 버리면 삼세제불˚이 합장
하고 서서 벌선다고 했다. 오늘은 내가 먼저 벌서겠다."

　🌿 **헌식대** 새나 다람쥐의 먹이를 조금씩 덜어 놓는 곳이에요.
　🐦 **삼세제불** 과거, 현재, 미래에 나타난다는 부처님을 일컫는 말입니다.

효봉 스님이 갑자기 그릇에 담은 밥알과 시래기를 우물물에 한 번 헹구더니 꿀꺽 삼켰습니다.

"……."

그날 이후 법정 스님은 밥알 한 톨의 의미를 되새기며, 국수 한 가닥이라도 흘리지 않고 집어삼켰습니다.

효봉 스님은 아무리 추운 겨울이라도 하루에 한 번 이상 불을 때지 못하게 했습니다. 법정 스님은 방 안이 얼 정도라야 효봉 스님의 허락을 겨우 받아 불을 피울 수 있었어요.

"아무리 썩은 나뭇가지라지만 아궁이에 들어가면 모두 태워 없어지는 것을…… 낭비니라."

법정 스님은 효봉 스님의 가르침대로 하루에 한 번 때는 불로 방을 덥히고, 밥과 국도 만들었습니다.

그런데 하루는 법정 스님이 걸망에 싼 비누조각을 보며 참다못해 이렇게 말했습니다.

"스님, 비누조각이 너무 오래 되어서 거품이 나지 않습니다."

"금강산에 있을 때 시주받은 것이니 30년은 되었겠구나."

"향기도 빠지고, 때도 씻기지 않습니다. 다음에 시장에 가서 새

로 하나 구하겠습니다.”

그러자 효봉 스님이 조용히 말했습니다.

“중이 하나만 있으면 됐지, 왜 두 개를 가지려고 하느냐.
두 개는 군더더기다. 무소유라 할 수 없느니라.”

법정 스님은 어떤 물건이라도 하나만 가져야지 둘을
가지면 그 하나까지 잃게 된다는 것을 깨달았습니다.

단순히 아무것도 갖지 않는 것이 아니라, 자신에게 꼭
필요한 것을 갖되 적게 가져야 한다는 무소유의 깨달음을
얻은 것입니다.

법정 스님은 당장 부엌으로 달려가 자신이 가지고 있던
물건을 정리하기 시작했어요. 부엌칼 한 개, 밥그릇 두 벌,
반찬 그릇도 몇 개만 남기고 모두 찬장에서 꺼냈습니다.

그리고 그 물건의 원래 주인이었던 큰절에 가져다주었습
니다.

스님, 책 좀 빌려 주세요

● 법정 스님은 책 속에 길이 있으니, 책을 읽으며 스스로를 반성하라고 말씀하셨습니다. 스님은 항상 좋은 책을 가까이 하셨어요. 스님이 읽으신 책들을 함께 읽어 보세요.

나무를 심는 사람 하나뿐인 아들을 잃고 절망 속에 살던 농부가 마을을 아름다운 숲으로 만든다는 이야기예요. 법정 스님은 글이나 법회에서 이 책에 대해 자주 말씀하셨어요.

월든 스님은 소로우가 머물렀던 월든 호숫가에 세 번이나 방문할 정도로 소로우의 생각과 삶을 존경했어요.

어린 왕자 법정 스님은 처음 이 책을 자신에게 소개해 준 벗을 한평생 잊을 수 없는 고마운 벗이라고 할 정도로 이 책을 사랑했답니다.

내 영혼이 따뜻했던 날들 법정 스님이 말하는 무소유의 삶을 몸소 실천하는 인디언들을 만날 수 있는 책이에요.

나의 라임오렌지 나무 다섯 살 제제의 눈을 통해 우리들이 살아가는 모습을 그린 책입니다. 진정한 사랑, 인간과 자연에 대한 교감을 보여 줍니다.

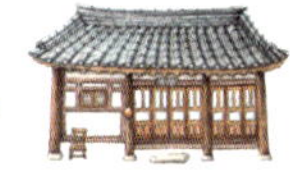

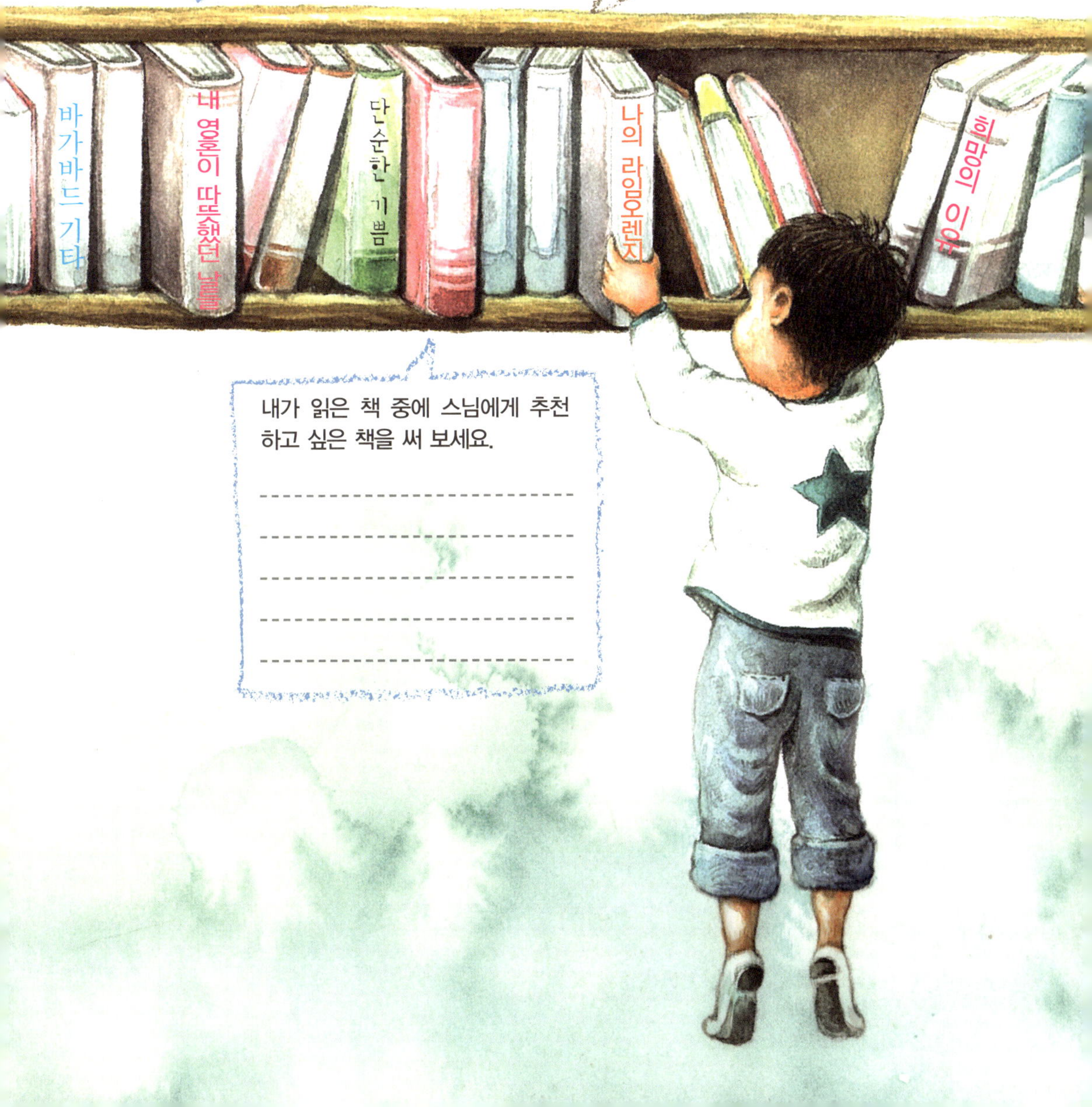

내가 읽은 책 중에 스님에게 추천하고 싶은 책을 써 보세요.

 네 잎

한 사람은 모두를,
모두는 한 사람을

깨달음에 이르려면 자신을 속속들이 지켜봐야 합니다. 스스로 자신을 관리하며 행여라도 욕심을 부리거나 잘못된 길로 빠지지 않도록 살피는 것이지요. 또한 콩 반쪽이라도 나눠 먹는 자비가 생활 속에 자연스럽게 배어 있어야 합니다.

민석이의 비밀

점심 공양을 하러 가라는 스님의 말에 지유와 민석이가 서둘러 후원 선열당으로 달려갔습니다.

"점심 공양 끝났을 것 같은데…… 쳇! 스님 혼자서 밥 다 먹고!"

민석이는 가는 내내 조급해하며 투덜댔습니다. 언덕 아래로 부리나케 달려가던 지유와 민석이가 걸음을 딱 멈춰 섰습니다. 선열당 앞에 "점심 공양 시간이 끝났습니다"라고 적힌 표지판이 걸려 있었기 때문이에요.

"뭐야? 끝난 거야? 아, 나 진짜 배고픈데."

민석이가 오만상을 찌푸리며 짜증을 부렸습니다. 마치 지유 때

문에 밥을 못 먹기라도 한 것처럼 말이죠. 지유는 "이게 다 누구 때문인데!"라고 크게 말하고 싶었습니다. 하지만 지금 같아선 민석이와 평생 말을 하고 싶지 않았어요.

그때, 선열당 앞에 있는 연못에 손을 넣는 아이가 보였습니다.

"쟤는……?"

관세음보살님 상에 돌을 올려놓았던 승민이었어요. 승민이는 차갑지도 않은지 물속에 손을 넣었다 뺐다 했습니다. 민석이는 승민이가 눈에 들어오지 않는지 눈길도 주지 않았어요. 지유도 쳐다보다 그만두었지요.

지유와 민석이는 왔던 길로 다시 되돌아갈 참이었어요. 터덜거리며 걷는데, 겨울바람마저 코끝에 철썩철썩 매섭게 달라붙었습니다. 춥고 배고프고, 정말 이런 처량한 신세도 없네요. 그런데 뒤에서 누군가 부르는 소리가 들렸습니다.

"애들아, 애들아!"

민석이가 돌아보며 "누구요? 우리요?"라고 물었습니다. 선열당에서 봉사하는 보살님이 급히 손짓을 했습니다. 둘은 재빨리 그곳으로 뛰어갔습니다.

“얼른 들어와서 점심 공양 하거라. 스님이 너희 먹을 밥을 남겨 달라고 하셨어.”

지유와 민석이가 보살님˚을 따라 선열당 안으로 들어갔습니다. 밥을 받는 곳에 빈 그릇 두 개가 놓여 있었어요. 민석이가 먼저 그릇 하나를 쥐었습니다.

“많이 주세요. 많이요, 많이.”

“그래, 요 녀석아. 마지막이니 많이 먹어라.”

보살님이 민석이의 그릇에 밥과 반찬을 가득 담았습니다.

“이만큼이면 되지?”

“아니요. 더 주세요. 더, 더!”

“남기면 안 돼요.”

보살님이 웃으며 밥을 한 번 더 펐습니다. 민석이의 그릇에 하얀 쌀밥이 봉긋 솟아올랐어요. 그런데 지유는 민석이의 밥그릇을 보며 걱정이 앞섰습니다.

‘저걸 다 먹을 수 있나?

˚ **보살님** 여자 불교 신도를 이르는 말이에요.

민석이는 앉자마자 허겁지겁 밥을 먹기 시작했습니다. 배가 차니 기분이 좋은지 지유를 보며 씩 웃기까지 했어요. 이 사이에 시퍼런 상추 잎이 낀 것도 모른 채 말이죠.

"지유야, 맛있지?"

지유는 대꾸도 하지 않고 묵묵히 밥만 먹었습니다. 민석이가 사과하기 전에는 한 마디도 안 할 생각이었어요. 그러자 민석이가 얼굴을 찡그리며 볼멘소리로 말했습니다.

"너 아직도 삐쳐 있냐? 남자가 쩨쩨하게 왜 그러냐?"

지유가 아무 말 없이 민석이를 노려보았습니다. 민석이는 움찔하며 슬금슬금 눈치를 보더니 숟가락을 내려놓았어요.

"아, 이제 배불러서 더는 못 먹겠다."

'흥, 내가 저럴 줄 알았다니까.'

지유는 정말 기가 막혔어요. 민석이의 그릇에는 비빔밥이 반이나 남아 있었습니다. 지유는 자기도 모르게 씰룩씰룩 입을 열었어요.

"그러니까 왜 그렇게 밥을 많이 받아? 아까 스님이 뭐라고 했어? 넌 생각이 있는 거니, 없는 거니?"

“뭐? 그럼 내가 생각이 없다는 거야!”

민석이가 되레 눈을 부라리며 화를 냈습니다. 지유는 뻔뻔한 민석이가 더 얄미웠어요.

“아까 네 입으로 생각 주머니가 없다고 그랬잖아. 그러니까 너네 엄마도 생각 없는 너랑 살기 싫어서 아빠랑 이혼한…….”

“…….”

지유는 자신이 쏟아낸 말에 놀라 움찔했습니다. 민석이의 얼굴이 순식간에 차가운 얼음처럼 딱딱하게 굳어졌습니다.

지유는 민석이 부모님이 이혼했다는 사실을 벌써부터 알고 있었습니다. 하지만 할머니와 엄마가 하는 얘기를 우연히 듣고도 입 밖으로 꺼낸 적은 한 번도 없어요. 다른 친구들은 민석이의 비밀을 모르고 있으니까요. 알게 되면 모두 민석이를 놀릴 테니까요. 그런데 1년 동안 참았던 얘기를 그것도 민석이 앞에서 해 버린 거예요.

갑자기 민석이가 고개를 툭 떨어트렸습니다. 민석이의 커다란 어깨가 조금씩 들썩거렸습니다. 급기야 훌쩍이며 콧물을 닦는 것 같았어요. 언제나 당당하던 개선장군이 한순간에 어린아이가 된

것 같았지요.

　‘아니야. 그 말을 하려고 한 게 아니야!’

　지유는 미안하다고 말하고 싶었지만, 좀처럼 말이 나오지 않았습니다.

　“넌 친구도 아니야!”

　민석이가 식탁을 밀치며 후다닥 뛰쳐나갔습니다. 친구도 아니라는 말에 지유의 가슴에 구멍이 뚫린 것 같았어요. 차가운 바람이 꼬물꼬물 지유의 가슴팍을 파고들었습니다.

　‘아니야. 진짜 그런 게 아니야!’

　지유는 말을 못하는 사람처럼 입만 벙긋벙긋 했습니다. 설거지를 하던 보살님이 무슨 일이냐는 듯 고개를 빼들고 쳐다보았어요.

　쾅!

　민석이가 선열당의 문을 부서져라 걷어차는 소리가 들렸습니다. 지유의 가슴이 철렁 내려앉았습니다.

입안에서 나오는 도끼

후원을 빠져나오자 출발을 기다리는 길상사 버스 안에 민석이
가 있었습니다. 하지만 민석이는 지유를 보자마자 반대쪽 창문으
로 얼굴을 홱 돌렸어요. 지유는 민석이의 싸늘한 표정에 어쩔 줄
몰라 발만 동동 굴렀습니다.

지유는 집에 가려면 꼭 버스를 타야 합니다. 아빠가 할머니를
먼저 모시고 가는 바람에 오늘은 혼자거든요. 지유는 버스 정류
장까지 걸어갈까 망설이다 날이 추워 다음 버스를 기다리기로 했
어요. 참새가 관세음보살 발 아래에 놓인 쌀 봉지를 쪼고 있었습
니다. 사람들이 지나갈 때면 푸드덕 날아갔다가도 금세 다시 되

돌아오곤 했지요.

지유가 다시 강당으로 들어갔습니다. 불을 켜지 않아 마치 동굴처럼 깜깜했어요. 우두커니 밖을 내다보았지요. 낮게 깔린 쥐색빛 구름 때문인지 대낮인데도 절이 어둠 속에 어슴푸레 잠긴 것 같았습니다.

'눈이라도 내리면 좋을 텐데.'

눈이 펑펑 쏟아질 것 같았지만 눈은 내리지 않았습니다.

"지유야!"

언제 들어왔는지 스님이 차분한 목소리로 지유를 불렀습니다. 스님은 처음부터 지유가 강당으로 들어가는 걸 본 모양입니다.

“왜 혼자 있어? 민석이는 어딜 가고…….”

“버스 타고 먼저 갔어요.”

지유가 속삭이듯 작은 목소리로 대답했습니다. 스님은 커다란 눈망울을 끔벅거렸습니다. 그 눈빛은 마치 “어서 말을 해 보렴”하고 말하는 것 같았어요.

“스님, 정말 그렇게 말하려고 한 건 아니에요. 사실은…….”

지유는 스님을 붙잡고 민석이와의 일을 처음부터 차근차근 말했습니다. 왜 주먹밥을 던지게 되었는지, 왜 민석이가 먼저 집으로 갔는지 말이에요.

“지유야, 재미난 얘기 하나 해 줄까?”

스님은 엉뚱하게 재미난 이야기를 들려주겠다고 했습니다.

히말라야 호수에 거북이 한 마리가 살고 있었단다. 어느 날 그곳에 백조 두 마리가 먹이를 찾아 날아왔지. 셋은 금세 친해졌단다. 하루는 백조가 거북이에게 물었어.

"거북아, 히말라야 중턱에 눈부신 황금굴이 있는데, 함께 구경하러 갈래?"

"정말? 가고 싶긴 하지만 내가 어떻게 그 먼 데까지 갈 수 있겠어…… 난 너희처럼 날개도 없잖아."

거북이가 풀이 죽어 고개를 떨어트리자, 백조들이 입을 모아 말했지.

"우리가 데려다 줄게. 네가 입을 다물고 아무하고도 말을 하지 않는다면 말이야."

"정말? 입을 다무는 건 자신 있어!"

거북이는 아무하고도 말하지 않겠다며 장담했단다. 그래서 백조들은 나뭇가지를 거북이 입에 물린 후 그 양쪽 끝을 물고 하늘로 날아올랐어. 거북이가 드디어 하늘로 날아오른 거야. 거북이는 아무 말도 하지 않고 나뭇가지를 꼭 물었지. 그런데 그 모습을 보던 동네 아이들이 이렇게 떠들어댔어.

"야, 저기 좀 봐. 거북이가 백조에게 물려 가고 있어."

아이들은 거북이가 백조에게 잡혀간다고 생각한 거야. 그 말을 들은 거북이는 자신이 백조에게 물려 간다는 말에 자존심이 상했단다. 그래서 꼬마들에게 한마디 해 주고 싶어 입이 근질거렸어. 시간이 지날수록 점점 더 참을 수 없었지. 그래서 덜컥 말을 쏟아내고 말았어.

"꼬마들아, 백조가 나를 물고 가는 게 아니라 황금굴에 데려다 주는 거야."

거북이는 어떻게 되었을까? 말을 하느라 물고 있던 나뭇가지를 생각 없이 놓았고, 그만 땅에 떨어져 죽고 말았단다.

"지유야, 거북이가 왜 죽었는지 알겠어?"

스님이 묻자 지유가 고개를 끄덕였습니다.

"그래, 거북이와 백조는 서로 믿고 의지하는 친구였어. 만약 백조의 말대로 거북이가 한 마디도 안 했다면 거북이는 황금굴까지 갈 수 있었을 거야. 사람은 태어날 때 입안에 도끼를 가지고 나온다는 말이 있단다. 그래서 어리석은 사람은 말을 함부로 해서 상대방을 아프게 할 뿐만 아니라, 자신까지 아프게 하지. 그래서 너도 속상한 거란다."

"제가 한 말 때문에 저도 아프다고요?"

지유가 묻자 스님이 고개를 끄덕였습니다.

“말을 아낄수록 좋다는 말이 있지? 절에서 묵언수행을 하는 것도 다 그런 이유란다.”

스님은 말을 멈추고 한참 동안 창밖을 바라보았습니다. 지유도 스님을 따라 창밖을 내다보았어요.

“물론 입에서 도끼만 나오는 건 아니란다. 꽃처럼 아름다운 말도 나오지. 하지만 살아가는 동안 우리는 도끼처럼 남을 아프게 하는 말을 더 많이 한단다.”

“하지만 민석이가 먼저 장난을 걸었어요.”

“그게 억울하니?”

지유는 솔직하게 고개를 끄덕였어요. 사실 조금은 억울한 마음이 남아 있었거든요. 민석이가 처음부터 장난을 치지 않았다면 이런 일까지 벌어지지 않았을 거예요.

“지유야, 진실한 친구란 어떤 친구일까? 준 만큼 받으려고 하는 건 진실한 사이가 아니란다. 모름지기 친구란 아무것도 받지 않고 자기 것을 모두 내주는 마음으로 사귀어야 한다.”

지유는 스님의 말을 곱씹으며 생각해 보았습니다. 스님이 왜 이런 이야기를 들려주는지 조금은 알 것 같았어요.

“지금까지 너는 민석이와 좋은 친구였지. 스님은 너희가 함께 도를 닦는 좋은 벗(도반)이 되리라 믿는다. 그러니 너무 아파하지 말고 네 마음을 보여 줘. 그럼 모든 걸 용서해 줄 게야.”

“하지만 민석이가 용서해 주지 않으면요?”

지유는 민석이가 자신의 사과를 받아 주지 않을까 봐 걱정이 되었답니다.

“먼저 진실한 네 마음만 생각해 보거라.”

스님이 웃으며 자리에서 일어났습니다. 시간이 어느새 훌쩍 지나 있었습니다. 지유는 스님에게 합장을 하고 강당을 빠져나왔습니다. 콕콕 쑤셨던 마음이 조금 편안해진 것 같았어요. 그런데 정말 스님의 말처럼 민석이와 좋은 도반이 될 수 있을까요?

법정 스님의 정다운 벗

　도반은 함께 도를 닦는 벗을 말합니다. 법정 스님은 〈잊을 수 없는 사람〉이라는 글에서 수연 스님에 대한 이야기를 썼습니다. 수연 스님은 법정 스님의 정다운 도반, 자비로운 도반이기 때문이랍니다.

　1959년 겨울, 법정 스님은 지리산 쌍계사에 딸린 작은 암자에서 홀로 안거를 하기 위해 준비를 했습니다. 효봉 스님은 네팔에서 열리는 세계 불교도 대회에 참석하고 없었어요. 그래서 준비

　안거 스님들이 일정한 기간 동안 외출하지 않고 한곳에 머무르면서 수행하는 것을 말해요.

라고 해야 추운 겨울 동안 먹을 식량과 땔나무, 그리고 약간의 김
장 김치가 전부였어요.

법정 스님이 멀리 농가에 가서 탁발을 하고 암자로 돌아가는
길이었습니다. 텅 빈 암자에서 저녁밥 짓는 연기가 몽글몽글 피
어오르고 있는 거예요.

"누구지? 설마 효봉 스님이 벌써 오셨나?"

법정 스님이 걸망을 내려놓고 서둘러 부엌에 가 보았습니다. 그
런데 웬 낯선 스님 한 분이 불을 지피고 있는 거예요.

"제 법명은 수연입니다."

수연 스님은 누덕누덕 기운 옷에 해맑은 얼굴, 조용한 미소를
머금고 합장을 했습니다.

"이곳에서 겨울을 나려고 왔습니다."

"예. 그렇게 하시지요."

법정 스님은 수연 스님과 함께 겨울을 나기로 했습니다. 법정
스님은 밥 짓는 일을 하고, 수연 스님은 국과 반찬 만드는 일을 나

탁발 도를 닦는 스님이 부처님 말씀을 외면서 집집마다 다니며 곡식이나 음식을
얻는 일입니다.

뭐 했지요.

"수연 스님은 어찌 음식을 이렇게 맛나게 하시나요?"

수연 스님의 손이 닿는 음식은 모두 산해진미가 되었답니다.

"무슨 말씀을요. 스님이 맛있게 잡수시니 감사할 뿐입니다."

그렇게 두 스님은 하루에 한 끼를 먹고 참선을 하면서 오순도순 겨울을 났습니다. 겨울이 끝나갈 무렵 수연 스님이 법정 스님에게 물었습니다.

"스님, 겨울을 나고 무엇을 할 계획이십니까?"

"사찰을 돌아다닐 생각입니다. 스님은요?"

법정 스님의 말에 수연 스님이 좋아하며 대꾸했습니다.

"저도 그럴 생각입니다. 해인사도 가 보고 싶고, 통도사와 송광사에도 가 보고 싶습니다."

"저도 꼭 가 보고 싶었습니다."

어쩜 이리 생각이 잘 통할까요? 두 스님은 기뻐하며 겨울을 나고 함께 다니기로 약속했습니다.

그런데 길을 떠나기로 한 전날, 법정 스님이 그만 심한 독감에 걸리고 말았습니다. 열이 펄펄 끓고, 밥을 먹을 수도 꼼짝할 기운

도 없었습니다. 그 다음 날도 마찬가지였어요. 수연 스님은 아픈 법정 스님을 두고 차마 길을 나서지 못했답니다.

"수연 스님 먼저 떠나세요."

"아닙니다. 스님 몸이 나으시면 그때 같이 떠나요. 걱정하지 마세요. 혹시 한약방이 어디에 있는지 알면 다녀오겠습니다."

수연 스님의 말에 법정 스님이 힘들게 고개를 저으며 말을 이었습니다.

"가까운 곳에 병원이나 약국이 없답니다. 약을 살 돈도 없고요. 앓을 만큼 앓으면 나을 겁니다."

수연 스님도 가진 돈이 없기는 마찬가지였어요.

"스님, 관세음보살님이 도와주실 겁니다. 힘내세요."

수연 스님은 법정 스님의 손을 꼭 잡으며 마음속으로 빌고 또 빌었습니다. 수연 스님은 밤새 법정 스님에게 물을 먹이고, 이마에 찬 물수건을 갈아 주느라 한숨도 자지 못했어요.

"스님, 잠깐 아랫마을에 다녀오겠습니다. 죽을 쑤어 놓았으니 꼭 챙겨 드세요."

법정 스님은 고개를 끄덕일 힘도 없었어요. 수연 스님은 잰걸음

으로 서둘러 길을 나섰습니다. 그런데 한낮이 지나 해가 저물 때까지도 수연 스님의 발자국소리는 좀처럼 들리지 않았어요.

'수연 스님에게 무슨 일이 있는 걸까?'

법정 스님은 몹시 궁금하고 걱정이 되었습니다. 하지만 몸을 움직일 수 없으니 찾아 나설 엄두를 내지 못했어요. 법정 스님은 하는 수 없이 수연 스님이 만들어 놓은 죽을 먹으며 기다렸습니다.

암자에 어둠이 자욱하고 깜깜한 밤이 되었을 때, 부엌에서 무슨 소리가 들렸습니다. 깜박 잠이 들었던 법정 스님이 달그락거리는 소리에 부스스 눈을 떴습니다. 곧 방문이 열리고 수연 스님이 약사발을 들고 방으로 들어왔어요.

"스님, 많이 기다렸지요? 늦어서 미안해요. 구례읍까지 다녀오느라 그랬어요. 여기 약을 지어 왔으니 드시고 어서 쾌차하세요."

수연 스님이 법정 스님을 일으켜 세우고 약그릇을 입에 대 주었습니다.

"구례읍까지 다녀오셨다고요?"

법정 스님은 그만 눈물을 흘리고 말았습니다. 자기 때문에 그렇게 먼 길을 다녀온 수연 스님이 너무나도 고마워서 자기도 모르

게 눈물이 나온 거예요. 수연 스님은 훌쩍거리는 법정 스님의 손
을 꼬옥 잡으며 빙그레 웃기만 했습니다.

구례까지는 사십 리랍니다. 교통수단도 제대로 없었으니 가고
오고 팔십 리를 걸어서 다녀온 거예요. 팔십 리는 삼십 킬로미터
가 넘는 거리입니다. 어른 걸음으로도 걸어서 열 시간 이상 걸려
요. 거기다 탁발까지 해서 돈을 구해 약을 지어온 것이랍니다.

그때 법정 스님은 자비가 무엇인가를 마음 깊이 깨달았다고 합
니다. 법정 스님은 수연 스님의 지극한 정성 덕분에 다음 날 자리
에서 일어날 수 있었어요.

어쩜 마음이 저리 고울까!

　법정 스님과 수연 스님이 함께 머물었던 암자에서 조금 떨어진 곳에 토굴을 짓고 참선하는 노스님이 살았습니다. 노스님은 볼일이 있어 밖에 다녀올 때마다 법정 스님의 암자에 들러 이것저것 안부를 묻곤 했습니다.

　"이제 슬슬 올라가 볼까나?"

　노스님이 자리를 털고 일어나 메고 왔던 걸망 을 찾아 두리번거렸습니다. 분명히 걸망을 가지고 왔는데 온 데 간 데 없이 사라

　걸망 스님들이 걸머지고 다닐 수 있게 얽어 만든 배낭처럼 생긴 가방입니다.

진 거예요.

"내 걸망이 어디로 갔지?"

"스님 토굴에 갖다 놓았습니다."

수연 스님이 조용히 입을 열었습니다. 수연 스님은 노스님이 암자에 들를 때마다 언제나 걸망을 토굴에 먼저 갖다 놓고 왔습니다. 노스님이 힘들까 봐 그렇게 한 거예요. 그것도 아무 말도 없이 슬그머니 일어나 바람처럼 다녀오지요.

수연 스님은 무슨 일이고 자신이 해야 하는 일이면 생각보다 몸을 먼저 움직이는 사람이었습니다. 수연 스님의 자비는 가는 곳마다 멀리멀리 퍼져나갔지요. 마치 따사로운 봄 햇살이 이곳저곳을 노랗게 파고드는 것처럼 말이죠.

몇 년 후, 해인사에 법정 스님이 머물고 있다는 소식을 들은 수연 스님이 그곳까지 한걸음에 달려갔습니다.

"스님!"

수연 스님은 반가움에 법정 스님의 손을 꼭 잡고 조용히 미소를 띠었답니다. 법정 스님이 안색이 좋지 않은 수연 스님을 걱정하며 물었습니다.

“어디 몸이 안 좋으신가요?”

“소화가 잘 안 된답니다.”

“그럼 약을 먹어야지요.”

“괜찮습니다. 약을 먹을 정도는 아닙니다.”

괜찮다는 수연 스님의 말에 법정 스님도 걱정을 거두었습니다.

수연 스님이 해인사에 온 뒤 조그마한 변화가 일어났습니다. 섬돌 위에 있는 고무신이 언제나 하얗게 닦여 가지런히 놓여 있었어요. 맞아요! 수연 스님이 한 거예요. 고무신뿐만 아니라 스님들이 빨려고 내놓은 옷가지도 어느새 말끔히 빨아 풀까지 먹여 다려 놓았답니다.

“수연 스님은 자비보살이야. 어쩜 마음이 저리 고울까!”

“맞아요. 자비보살이랍니다.”

다들 수연 스님을 보고 자비보살님이라고 불렀습니다. 수연 스님은 말보다는 행동으로 자비를 실천하는 스님이었어요.

법정 스님이 수연 스님과 함께 밥을 먹다 말고 걱정스러운 얼굴로 물었습니다.

“스님, 왜 그렇게 적게 드시나요?”

"속이 좀 안 좋아서요."

"아무래도 안되겠습니다. 스님, 내일 당장 대구로 나가 진찰을 받고 약을 써야겠어요."

수연 스님은 법정 스님의 손에 이끌려 대구에 있는 병원으로 갔습니다. 합천에서 대구로 가는 버스 안이었어요. 수연 스님이 갑자기 자리에서 일어나더니 호주머니에서 주머니칼을 꺼내는 거예요. 법정 스님이 무슨 일인가 싶어 물끄러미 바라보았어요. 그런데 수연 스님이 헐거워진 버스 창틀 나사못을 꽉 죄고 있는 것이 아니겠어요.

'수연 스님은 내 것, 남의 것이 없구나. 모두 내 일처럼 생각하며 다른 사람들에게 자비를 베푸는구나. 수연 스님이야말로 이 세상의 주인이 될 만한 사람이다.'

수연 스님의 모습을 보고 큰 감동을 받은 법정 스님은 화려한 지식이나 말보다 따뜻한 손짓과 말 없는 행동이 사람들을 변하게 한다고 생각했습니다.

"깨달음에 이르려면 두 가지 일을 스스로 해야 합니다. 하나는 자신을 속속들이 지켜보는 것입니다. 스스로 자신을 관리하며 행

여라도 욕심을 부리거나 잘못된 길로 빠지지 않도록 살피는 것이지요. 또한 콩 반쪽이라도 나눠 먹는 자비가 생활 속에 자연스럽게 배어 있어야 합니다.”

언젠가 법정 스님은 깨달음을 얻어 부처가 되는 두 가지 길에 대해 이렇게 말했답니다. 수연 스님은 진정 자비를 실천하는 맑고 향기로운 사람이었어요.

내 사과를 받아 주지 않아요

지유가 민석이를 본 것은 다음날 아침 등굣길에서였어요. 지유
는 저만치 앞에서 걸어가는 민석이를 보고 후다닥 뛰어갔습니다.

"민석아! 민석아!"

민석이는 힐끗 돌아보더니 빠른 걸음으로 도망을 쳤습니다. 그
건 이름을 부르면 장난으로 도망치던 잡기놀이가 아니었어요. 달
려가는 민석이의 뒷모습에서 매서운 칼바람이 부는 것 같았으니
까요.

'아!'

지유는 민석이가 자신을 피한다는 걸 알아챘습니다. 뒤쫓던 지

유의 발걸음이 천근만근 무겁게 느껴졌습니다.

'이제 어떡하지? 민석이가 쳐다보지도 않는데…….'

'네가 아파하는 마음을 솔직하게 보여 줘. 그럼 민석이가 용서해 줄 거야.'

스님의 말이 떠올랐습니다.

'정말 솔직하게 말하면 민석이가 용서해 줄까?'

지유는 다시 한 번 용기를 내서 민석이에게 사과할 결심을 했습니다. 지유는 휴대전화기 줄에 달린 동자승 인형을 만지작거렸습니다. 그 인형은 민석이가 지난여름 수련회 때 준 선물이에요. 수박 빨리 먹기 대회에서 민석이가 일등해서 받은 건데…… 귀엽다는 지유의 말 한 마디에 민석이가 선뜻 준 거예요. 지유는 흔들리는 인형을 쳐다보며 전화를 할까 말까 망설였습니다.

지유는 점심시간에 민석이네 교실로 갔습니다. 먼저 교실 안을 흘끔거리며 동태를 살폈지요. 다행히 민석이네 담임선생님은 계시지 않았습니다. 교실에는 여자 아이들이 밥을 다 먹고 자리에 앉아 재잘재잘 수다를 떨고 있었어요. 남자 아이들은 드문드문 거의 눈에 띄지 않았고요. 지유는 얼른 휴대전화를 꺼내 시간을 확인했습니다.

'벌써 나갔나?'

민석이는 점심시간이면 밥을 빨리 먹고 언제나 운동장을 뛰어다닙니다. 교실을 한참 기웃거리던 지유는 그만 돌아가려는 순간 민석이의 뒤통수를 알아보았어요. 보통 때 같으면 운동장에서 축구를 할 시간인데 웬일일까요……?

오늘따라 민석이가 힘없이 젓가락질을 하고 있었어요. 기운 없는 민석이의 모습을 보자 지유도 맥이 빠졌습니다.

"민석아!"

지유가 용기를 내서 민석이에게 다가갔습니다. 민석이가 흠칫 놀란 표정을 짓더니 곧 지유를 노려보았어요.

"나가! 빨리 꺼져!"

민석이가 소리를 지르자 반 아이들이 무슨 일인가 궁금한 얼굴로 쳐다보았습니다. 지유의 얼굴이 새빨개졌어요. 지유는 당장 교실 밖으로 뛰쳐나가고 싶었어요.

하지만 화가 난 민석이의 입에서 도끼가 나오는 건 당연하다고 생각했어요. 지난번 지유처럼 말이죠. 스님의 말처럼 민석이 입

에서 나오는 도끼는 지유뿐만 아니라 민석이도 아프게 할 것입니다. 지유는 눈을 질끈 감고 다시 입을 열었습니다.

"미안해. 정말 미안해. 내가 나빴어."

민석이는 아무 대꾸도 하지 않았습니다. 다만 남은 밥을 꾸역꾸역 입에 넣고는 식판을 들고 밖으로 나가 버렸습니다. 지유는 민석이를 쫓아가려다 이내 발길을 돌렸습니다. 아무래도 민석이의 화가 풀리려면 시간이 더 걸릴 것 같았어요.

"민석아, 정말 미안해. 정말 그 말을 하려고 한 게 아니야."

지유가 작은 목소리로 속삭이듯 말했습니다. 저만치 가는 민석이가 듣지 못할 게 분명하지만, 자신의 마음이 조금이라도 닿을 수 있기를 바라고 또 바랐어요. 저벅저벅 걸어가는 민석이의 발걸음이 지유의 귀에 크게 울렸습니다.

'맑고 향기롭게' 에서 만난 사람

● 법정 스님은 마음과 세상과 자연을 두루 맑고 향기롭게 가꾸면서 살아가자는 뜻에서 '맑고 향기롭게' 모임을 만들었습니다. 이 책의 저자 곽영미 선생님이 질문하고 '맑고 향기롭게' 모임의 김자경 선생님이 답해 주셨어요. 무슨 이야기를 나누는지 들어 볼까요?

'맑고 향기롭게' 모임은 어떤 일을 하는 곳인가요?

우리 마음을 맑고 고요하게 지니고자 수행을 항상 열심히 하고요. 어렵고 힘들게 사는 이웃들을 위해 봉사활동을 하고, 자연환경을 보살피는 일도 하지요. 모든 일들을 회원들이 자발적으로 하는 순수한 시민단체예요.

법정 스님이 만드셨다고 알려졌는데, 어떻게 만들게 되었나요?

법정 스님께서는 이웃을 돕고, 꽃과 나무를 가꾸고, 참선을 하면서 사람들이 행복한 마음을 가지고 살기를 원하셨어요. 스님의 뜻을 주변 분들이 받들어 1993년에 이 모임을 만들게 되었답니다.

'맑고 향기롭게' 가 뜻하는 것은 무엇인가요?

'맑고' 란 우리 각자 각자의 바르고 착한 마음을 이르는 말이에요. '향기롭게' 란 한 사람 한 사람의 착하고 고운 마음들이 모여서 이 세상을 행복하게 만들 수 있다는 뜻을 담은 말입니다.

꼭 불교 신자여야 가입할 수 있나요?

맑고 향기로운 삶을 살고자 하는 사람이라면 누구나 가입할 수 있어요.

회원으로 활동하려면 어떻게 해야 하나요? 어린이도 참여할 수 있나요?

말 한 마디, 행동 한 가지 모두 바르고 착하게 하겠다고 자신과 약속하고 실천하는 사람이라면 누구나 회원이 될 수 있어요. 회원 가입은 홈페이지(http://www.clean94.or.kr)나 전화(02-741-4696~7)로 할 수 있어요. 어린이와 청소년은 준회원으로 가입할 수 있고요.

'맑고 향기롭게' 모임에서 앞으로 계획하고 있는 일이 있나요?

마음을 맑고 향기롭게 지닐 수 있는 수행 활동을 누구나 할 수 있도록 여러 가지 프로그램을 실시하려고 해요. 우리나라는 물론 외국의 어려운 이웃들을 돕기 위한 나눔 활동도 지금보다 훨씬 더 많이 하고요. 또한 우리가 사는 주변에 푸른 숲을 가꾸며 살 수 있도록, 자연을 지키고 보호하는 일에도 적극적으로 활동할 겁니다.

어린이들에게 하고 싶은 말이 있다면 부탁드려요.

착한 마음은 바르고 예쁜 말과 행동을 하게 만드는데, 나의 착한 말과 행동은 친구들, 가족, 이웃들에게 착한 마음을 갖게 해요. 우리 친구들이 맑고 향기롭고 행복한 세상을 만드는 일에 앞장서면 정말 좋겠어요.

아름다운
마무리

부처님의 진정한 사리는 그분의 말씀입니다. 사리가 아닌 그분의 말씀을 따르면 됩니다. 절의 스님도 믿지 말고 자기 자신만 믿고 부처님의 길을 올곧게 따르십시오.

마음을 담은 108개의 염주알

오늘 청명 스님은 250여 년 전 서울에 살았던 장혼이라는 선비의 이야기를 들려주었습니다. 장혼이 쓴 〈평생의 소망〉이라는 글에 나오는 '맑은 복 여덟 가지'에 대한 이야기였어요.

그 중 지유는 일곱 번째 복인 '마음에 맞는 벗' 이야기가 가슴에 콕 박혔습니다.

"살면서 마음에 맞는 벗을 만나는 것은 매우 중요한 일이란다. 마음에 맞는 벗은 인생의 든든한 재산이기도 하지."

지유는 그 말이 마치 자신에게 하는 것처럼 가슴이 찌르르 했습니다.

‘나 때문에 안 오는 걸까?’

지유는 민석이가 2주 동안 절에 나오지 않은 것이 마음에 걸렸습니다. 엊그제 방학식에서도 민석이는 지유를 모른 척했어요. 지유도 그 뒤부터 민석이에게 더는 말을 걸 수가 없었어요.

‘아직도 화가 안 풀린 걸까? 아니면 무슨 일이 있는 건가……?’

지유는 민석이가 다시는 절에 나오지 않을 것만 같았습니다. 걱정은 눈덩이처럼 겹겹이 쌓여만 갔어요. 강당 문이 열리고 자원봉사 선생님이 들어왔습니다. 지유는 혹시나 하는 마음에 강당 문을 흘끔거렸지만 문은 다시 열리지 않았어요.

“애들아, 방석 가지고 동그랗게 앉아 보자.”

선생님의 말에 아이들이 방석을 가지고 원을 만들었습니다.

오늘은 염주 를 만드는 날입니다. 사실 민석이는 얼마 전부터 염주 만드는 날을 기다렸습니다. 자신이 직접 만든 염주를 갖고 싶다고 했는데…… 그런데도 오늘 절에 나오지 않은 걸 보면 마

❀ **염주** 염불할 때 손으로 돌려 개수를 세거나 손목이나 목에 거는 물건입니다. 염주 알의 수는 108개가 기본인데, 염주알을 손가락 끝으로 한 개씩 넘기며 염불을 하면 인간의 108번뇌가 사라진다는 데서 유래되었어요. 108개의 반인 54개, 그 반인 27개, 14개로도 염주를 만드는데, 54개 이하의 짧은 염주는 단주라고 합니다.

음이 무척이나 상했나 봅니다.

　정말 단단히 삐쳐 있는 걸까요? 아니면 집에 무슨 일이 있는 걸까요? 지유는 또다시 고개를 쑤욱 빼고 강당 문 쪽을 쳐다보았습니다. 민석이가 장난스러운 얼굴로 문을 뻥 차고 들어올 것만 같았어요. 선생님이 염주알과 줄을 나눠주면서 조그만 목소리로 물었습니다.

　"지유야, 민석이 왜 안 왔어?"

　"…… 모르겠어요."

　지유가 우물쭈물 대답을 잘 못하자, 선생님도 "으응" 하며 고개를 끄덕일 뿐 더 이상 묻지 않았어요. 지유는 선생님이 건네준 염주알과 줄을 받았습니다. 동글동글 곱게 깎인 염주알이 왠지 따뜻하게 느껴졌습니다.

　'민석이도 같이 하면 좋을 텐데.'

　지유는 아쉬움을 떨치지 못했습니다.

　"자, 이제부터 묵언을 하면서 108개의 염주를 완성할 거예요. 절 한 번 하고 한 알을 끼우는 거예요. 염주알을 하나씩 끼울 때마다 정성과 마음을 다하도록 하세요."

"아아아! 절하기 싫어요!"

아이들은 108배를 못하겠다며 여기저기서 아우성을 쳤습니다. 선생님도 난처한 표정을 지었어요. 사실 이것은 아이들이 선생님과 한 약속이랍니다. 12월에 일 년을 마무리하는 뜻으로 108배와 함께 108염주를 만들기로 했거든요.

"좋아! 절을 하기 힘든 사람은 염주알만 하나씩 끼워도 돼. 그리고 108염주 만드는 게 힘든 친구들은 단주를 만들어도 좋아. 하지만 할 수 있는 사람은 해 보는 거다. 스스로 한 약속에 책임을 져야지!"

선생님은 아이들에게 단주와 108염주 중 어떤 것을 만들 것인지 선택하도록 했습니다. 단주는 손목에 차고 다니는 짧은 염주인데, 나이가 어린 아이들은 대부분 그것을 만들기로 했습니다. 지유는 고민 끝에 108염주를 택했고요.

이윽고 단주를 만드는 아이들이 염주알을 줄에 한 알씩 끼우기 시작했어요. 염주를 만드는 아이들은 선생님 말씀대로 절을 하고 앉은 자리에서 염주알을 끼웠습니다. 대부분 5, 6학년 형들이었는데, 그 사이에서 지유도 108배를 했습니다. 하지만 열 개를 끼우기도 전에 다리가 저리고 코끝이 찌릿했어요.

'어휴, 이걸 다 언제 하지? 108개를 다 끼울 수 있을까?'

지유의 머릿속은 이런저런 생각들로 복잡했습니다. 고개를 슬쩍 돌려 보니 지유보다 한 학년 아래인 서정이가 벌게진 얼굴로 절을 하고 있었습니다.

'동생도 하는데……'

지유는 흔들리는 마음을 다잡고 다시 염주 만들기에 전념했습니다. 처음에는 숨이 차서 힘들었지만 시간이 지나자 호흡이 제자리를 찾아가는 것처럼 편안해졌어요. 지유는 문득 민석이가 떠올랐습니다. 절을 하면 할수록 자신을 원망하는 민석이의 눈빛이 선명해지는 것 같았지요.

'부처님, 민석이 마음 좀 풀어 주세요. 다시 사이좋은 친구가 될 수 있게 도와주세요! 네?'

"주불 을 끼울 때는 소원을 빌어요."

선생님이 마지막 주불을 끼우고, 자신에게 가져오라고 했습니

🌿 **주불** 염주의 위와 아래에 있는 것으로 크기가 다른 염주알보다 두 배나 큽니다.

다. 마지막으로 매듭을 만들어야 하니까요.

이마와 목에 땀이 송골송골 맺히고, 다리가 생각대로 움직이지 않아 휘청거리는 아이들도 있었지만, 아무도 투정을 부리지 않았답니다. 지유도 안에 입은 내복이 축축해지고 몸이 삐거덕대며 말을 안 들었지만, 그만두고 싶은 생각은 추호도 없었어요.

단주를 만드는 아이들은 어느새 다 만들어, 묵언을 하며 염주 만드는 아이들을 물끄러미 지켜보았습니다. 지유가 떨리는 손으로 마지막 주불을 끼웠습니다. 드디어 염주가 완성되었답니다. 기분이 너무 좋아 소리를 지르고 싶었어요! 108번이나 절을 했다고 동네방네 자랑하고 싶었습니다.

“지유는 108배도 잘하고, 염주도 잘 만들었네.”

선생님의 칭찬에 지유는 날아갈 것 같았습니다. 완성된 염주가 무척 대단한 것처럼 보였어요. 지유는 엄지손가락으로 염주를 한 알씩 굴려 보았습니다. 오래된 할머니의 염주처럼 편안했습니다. 새것인데도 낯설지 않고 손에 착 달라붙었어요.

법회가 모두 끝나자 아이들이 우르르 강당을 빠져나갔습니다. 지유도 염주를 챙겨 뒤따랐어요. 그런데 복도 한쪽에 민석이가

서 있는 것이 보였습니다. 지유가 깜짝 놀라 어떻게 할 바를 모르고 있다가 개미만 한 목소리로 민석이를 불렀어요.

"민석아!"

하지만 민석이는 지유를 보자마자 급히 연습실로 숨어 버렸습니다. 지유가 민석이를 쫓아 연습실로 들어갔어요.

"뭐야? 왜 따라오는데?"

연습실 문 앞에 떡 버티고 섰던 민석이가 지유를 노려보며 차갑게 말했습니다. 지유는 무슨 말부터 꺼내야 할지, 절을 할 때보다 더 땀이 나는 것 같았어요. 그러고는 망설이다가 손에 쥔 염주를 불쑥 내밀었습니다.

"우리 오늘 염주 만들기 했는데……."

염주를 보자 민석이가 더 퉁명스럽게 대꾸했습니다.

"그래서 뭐? 나 못 만들었다고 놀리는 거냐? 그깟 염주 따위 필요 없어!"

지유가 아니라고 고개를 세차게 흔들었습니다.

"네 거야. 너에게 주려고 108번이나 절하고 만든 거야. 절하는데 무지 힘들었어. 나 진짜로 절 108번이나 했다!"

지유는 아프다는 듯 다리를 쿵쿵 두드렸습니다. 민석이가 쭈뼛

쭈뼛 염주를 받으며 놀란 토끼눈이 되어 지유를 쳐다보았습니다.

꽁꽁 묶여 있던 민석이의 마음이 스르르 풀어지는 것 같았어요.

　"……?"

　지유가 휴대전화기에 달린 동자승 인형을 흔들어 보였습니다.

　"네가 이거 줬잖아. 나도 너한테 선물하는 거야."

　"고, 고마워."

민석이의 입이 귀에 걸릴 듯 찢어졌습니다. 민석이는 스님처럼 염주를 한 알씩 차례차례 굴려 보았습니다. 그러고는 목에도 걸어 보았답니다. 마음에 드는지 지유를 보며 씩 웃기까지 했어요. 염주알을 끼우며 기도했던 지유의 마음이 민석이에게 전해졌나 봅니다. 꽉 막혀 있던 지유의 가슴이 시원하게 뚫렸습니다.

민석이와 지유가 오랜만에 점심 공양을 함께했습니다. 아직 서 먹서먹하고 누가 먼저 말을 걸면 겨우 대답만 하는 정도였지만, 그래도 화해가 된 것만은 확실해요. 지유는 민석이가 씩씩하게 밥을 퍼먹는 것이 보기 좋았어요. 지난번에 교실에서 급식을 먹는 모습은 왠지 슬퍼 보였거든요.

"민석아, 밥 맛있지?"

지유의 말에 민석이가 "응!" 하고 대답했어요.

"우리 버스 정류장까지 걸어갈까? 아, 달리기 시합하자. 내가 맛있는 거 사줄게. 할머니가 너랑 맛있는 거 사먹으라고 용돈 주 셨다아."

지유가 할머니에게 받은 천 원짜리 두 장을 꺼내 팔랑팔랑 흔들어 보였습니다.

“정말?”

민석이가 또 한 번 활짝 웃었습니다. 민석이가 웃으니 지유도 덩달아 기분이 좋았어요. 이것이 진짜 도반의 마음일까요?

후원을 빠져나온 둘은 길상사 앞에 세워진 버스에 타지 않고 훌쩍 밖으로 뛰어 나갔습니다. 절 앞에 내건 “아기 예수님의 탄생을 축하합니다”라고 적힌 플래카드가 바람에 휘날렸습니다.

“자, 출발한다. 준비~ 땅!”

민석이가 먼저 출발 신호를 말하고 후다다닥 달려갔습니다. 지유가 쫓아가며 소리를 질렀어요.

“야, 그런 게 어딨어?”

민석이가 뒤돌아서 깔깔대며 웃었습니다. 이제야 예전의 장난꾸러기 민석이로 돌아온 것 같네요. 겨울바람이 달려가는 민석이와 지유의 등을 힘차게 밀어 주었습니다.

성모마리아를 닮은 관세음보살

매년 12월 초순이 되면 길상사에는 성탄절을 축하하는 플래카드가 걸립니다. 부처님을 모시는 절에서 예수님의 탄생을 기뻐하는 것이 이상한가요? 이 일을 처음 시작한 사람은 바로 법정 스님입니다.

스님은 처음 길상사를 만들 때부터 다짐한 것이 있답니다.

"길상사는 불교 신자만을 위한 절이 아니라 누구나 부담 없이 드나들면서 마음의 평안과 지혜를 나눌 수 있는 소담스런 공원이자, 오솔길이며, 마음 쉼터요, 기도처가 되어야 한다."

법정 스님이 성탄절을 축하하는 플래카드를 건 후부터는 근처

수도원, 성당, 교회에서도 부처님오신날에 꽃을 보내고 축하 방문을 하곤 합니다. 서로의 종교를 무시하고 헐뜯는 것이 아니라, 마음의 문을 열고 상대방의 종교를 존중한다는 뜻이지요. 종종 바자회 를 함께 열어 불우이웃을 돕기도 해요. "종교는 다르지만 봉사는 하나"라는 마음으로 서로의 좋은 점을 배우는 다정한 도반이랍니다.

길상사의 관세음보살 상에도 종교 화합의 의미가 깃들어 있었어요. 관세음보살 상을 조각한 사람은 가톨릭 신자였는데, 그의 평생 소원이 관세음보살 상을 조각하는 것이었다고 합니다.

"저는 관세음보살 상이 조각의 완성이라고 생각합니다. 그래서 늘 관세음보살 상을 조각하고 싶은 염원이 있답니다. 하지만 제가 가톨릭 신자라는 이유만으로 아무도 저에게 조각을 맡기지 않습니다. 제가 관세음보살 상 조각을 할 수 있다면 얼마나 좋을까요?"

그는 아무도 자신에게 관세음보살 상 조각을 맡기지 않는 것이 안타까웠습니다. 사람들은 성모마리아 상을 만드는 조각가가 어떻게 관세음보살 상을 조각할 수 있느냐며 아무도 그 일을 맡기지 않았어요. 그런데 그 이야기를 전해들은 법정 스님이 길상사의 관세음보살 상을 그에게 흔쾌히 맡겼습니다.

"아니, 말이 됩니까? 가톨릭 신자에게 그토록 중요한 관세음보살님 상을 맡기시다니 그건 스님이 잘못하신 거예요."

"맞아요. 성모마리아 상을 만드는 사람이 어떻게 관세음보살님 상을 만들어요!"

"아무래도 스님이 큰 실수를 저지르신 것 같네요."

관세음보살 상을 가톨릭 신자에게 맡겼다는 소식에 이러쿵저러쿵 말들이 많았습니다. 얼마 후, 사람들의 우려를 뒤로 한 채 드디어 관세음보살 상이 완성되었어요.

"스님, 괜찮겠습니까?"

조각가가 걱정스러운 얼굴로 물었습니다. 아무래도 자신이 만든 관세음보살 상을 절에 세울 수 없을 것만 같았어요. 정성을 다해 온 마음으로 만들었지만 사람들이 아는 관세음보살 상과 많이 달랐기 때문입니다.

역시나 조각을 본 사람들이 조각상을 보며 관세음보살님이 아니라 성모마리아 같다고 쑥덕거렸습니다. 그러자 법정 스님이 말했습니다.

"부처님의 발걸음을 따라간다고 해서 그 사람이 부처가 될 수 있는 건 아닙니다. 부처님의 사랑과 자비를 실천하는 사람이야말로 부처가 될 수 있지요. 진정한 종교란 바로 그런 것입니다. 이 보살님 상도 마찬가지고요. 우리에게 익숙한 겉모습이 아닌 이 보살님 상을 통해 자비와 사랑을 염원하고 실천해야 합니다. 그래야만 우리 눈앞에 서 있는 이 상이 진정한 관세음보살님이 되는 것입니다."

사람들은 그제야 법정 스님의 참뜻을 헤아릴 수 있었습니다. 무조건 겉모습만 보고 따르는 건 잘못이라는 것을 알게 되었어요.

"자신이 믿는 종교만 받들고 다른 종교를 비난하거나 저주해서는 안 됩니다. 다른 종교도 존중해야지요. 다른 종교에도 도움이 되어야 합니다. 그렇지 않으면 자신이 믿는 종교의 무덤을 파는 길이며, 다른 종교에 해를 끼치게 됩니다. 화합을 위해서 다른 종교의 가르침이나 교리에도 기꺼이 마음을 열고 귀 기울여야 합니다."

한편 관세음보살 상을 조각한 사람은 이렇게 생각했습니다.

'법정 스님이 아니었다면 평생 내 소원을 이룰 수도, 저 관세음보살님 상도 이곳에 설 수 없었을 것이다.'

조각가는 관세음보살 상이 모든 종교를 아우르고 자비와 사랑을 실천하는 진정한 관세음보살님이 되기를 다시 한 번 기도했습니다.

법정 스님은 길상사 개원 법회 때 김수환 추기경을 초대하여 천주교와 불교의 화합을 다졌습니다. 그 뒤 서울의 명동성당에서 법정 스님이 법문도 하게 되었지요.

"저를 이 자리에 초대해 주신 명동성당 측에 감사 말씀드리고, 성당이 만들어진 지 백 년이 되는 뜻 깊은 날에 저를 불러 주신 천주님의 뜻에 거듭 감사드립니다."

법정 스님의 말에 청중들이 환호와 박수를 터트렸습니다. "천주님에게 감사한다"는 법정 스님의 한마디에 열린 종교인의 모습

을 보았던 것입니다. 아울러 그날은 명동성당의 백 년 역사를 기념하는 자리에서 가톨릭 신자가 아닌 타 종교인이 법문을 한 최초의 날이기도 합니다.

법정 스님은 장익 주교에게 이렇게 말했답니다.

"우리 두 사람은 복장만 다를 뿐, 다른 차이는 아무것도 없습니다."

법정 스님은 모든 종교인이 함께 자비와 사랑을 실천하는 일에 힘써야 한다고 늘 강조했어요.

다시 만나게 되어 감사합니다

새해가 시작된 지 엊그제 같은데, 벌써 방학이 끝나고 3월 신학기가 코앞으로 다가왔습니다.

"으윽! 벌써 개학이라니, 이건 말도 안 돼!"

민석이가 학원에서 나오며 투덜댔습니다. 지유도 방학이 끝나 가는 게 무척 아쉬웠습니다. 많이 놀지도 못 했는데 시간이 왜 이렇게 빨리 가는지 모르겠어요.

집에 돌아오자 할머니가 안경을 쓰고 텔레비전 앞에서 넋을 놓고 있었습니다. 지유가 들어온 것도 모른 채로요.

"할머니, 저 학원 갔다 왔어요. 뭐 보세요?"

지유가 궁금한 얼굴로 텔레비전을 쳐다보았습니다. 병원이 나오더니 환자복을 입고 누워 있는 법정 스님이 보였어요.

‘아! 어른 스님이다.’

지유가 고개를 쭈욱 빼고 유심히 보았습니다. 자막에 큼직하게 법정 스님이 위독하다는 글자가 보였습니다.

“할머니, 어른 스님이에요?”

지유가 믿을 수 없다는 듯 물었어요. 할머니는 아무 말 없이 고개만 끄덕였습니다. 어른 스님의 건강이 많이 좋아졌다고 들었는데…… ‘위독’ 하다면 위험하다는 말 아닌가…… 지유는 불길한 느낌이 들었습니다. 믿기지가 않았어요.

“많이 좋아지셨다고 했잖아요. 그래서 봄에 절에도 온다고 하셨잖아요?”

“그래, 할미도 그런 줄 알았는데……”

할머니의 표정에 안타까움이 절절히 묻어났습니다. 다음 소식을 전하는 화면으로 바뀌자 할머니가 안경을 벗고는 한숨을 푹 내쉬었습니다. 지유의 마음도 싱숭생숭했습니다.

할머니는 작년 법정 스님의 마지막 법회가 생각났습니다. 법정 스님은 아마도 그날이 마지막이라는 것을 알고 있었던 것 같아요.

"눈부신 봄날입니다. 이 자리에서 다시 만나게 되어 감사하고 다행스럽습니다. 이런 기회가 우리 생애에서 늘 주어지는 것은 아닙니다. 모두가 한때이기 때문에 이런 자리에 설 때마다 고맙게 여겨지고, 언젠가는 내가 이 자리를 비우게 되리라는 걸 알게 됩니다. 그래서 더욱더 오늘의 만남이 고맙고 기쁩니다."

한 해 동안 병원 신세를 진 법정 스님은 2009년 봄 법회를 끝으로 강원도 오두막인 수류산방으로 들어가 나오지 않았답니다.

'삶은 한 조각 구름이 일어나는 일이요, 죽음은 한 조각 구름이 스러지는 일이다.'

병마와 싸우던 법정 스님의 몸은 지칠 대로 지쳐 갔지만, 야윈 몸과 달리 정신은 더욱 또렷해졌습니다.

'내 대신 다람쥐가 해바라기 씨를 거두면 되겠구나.'

스님은 뜨거운 여름이 지나고 가을이 되었지만 까맣게 여물어 가는 해바라기 씨와 옥수수를 거두지 않았습니다. 모두 자연으로 되돌아가도록 두었지요.

'남쪽에 수선화가 보고 싶구나.'

　스님은 아픈 몸을 이끌고 걸망을 챙겼습니다. 걸망 안에 간단한 세면도구를 넣고 아무도 없이 홀로 제주도로 떠났어요. 한 신도의 집에 자리 잡은 스님은 아무에게도 알리지 않고 홀로 바닷가를 거닐고, 보고 싶었던 수선화를 보며 시간을 보냈습니다.

　"건강이 많이 좋아졌어. 수선화가 얼마나 예쁜지 몰라."

　스님은 건강이 좋아지자 제주도의 소식을 전하기도 했답니다. 하지만 그것도 잠시, 좋아졌다고 생각한 건강은 더욱 악화되었습니다. 결국 스님은 병원에 입원을 했습니다. 다른 스님들이 치료를 받으라고 권유했지만, 스님은 의식이 돌아올 때마다 연명을 위한 치료를 거부했습니다.

　"관을 짜지 마라. 승복이면 족하니 수의를 입히지 마라. 거추장한 장례의식을 치르지 말고 간소하게 다비 하라."

　"빨리 가고 싶다."

　"예. 얼른 일어나셔서 불일암으로 가셔야죠."

　하지만 스님이 말하는 곳은 불일암이 아니었어요. 스님은 이미

🍃 **다비** 불교의 장례의식으로서 시신을 불사르는 것을 말해요.

자신의 운명을 예감하고 있었던 것입니다. 한 조각 구름이 스러지는 일, 그런 작은 일이 자신의 눈앞에 와 있다는 걸 짐작한 거예요. 하루에도 수천수만 번, 매순간 한 조각 구름이 일어나고 사라지는 것처럼 스님의 삶도 그렇게 사라진다는 걸 알고 있었어요.

내가 죽을 때에는 가진 것이 없을 것이므로 무엇을 누구에게 전한다는 번거로운 일도 없을 것이다. 그래도 혹시 평생에 즐겨 읽던 동화책이 내 머리맡에 몇 권 남는다면, 아침저녁으로 "신문이오" 하고 나를 찾아주는 그 꼬마에게 주고 싶다. (……) 내게 무덤이라도 있게 된다면 그 차가운 빗돌 대신 어느 여름날 아침부터 좋아하게 된 양귀비꽃이나 모란을 심어 달라 하겠지만, 무덤도 없을 테니 그런 수고는 끼치지 않을 것이다. (……) 옮기기 편리하고 이웃에게 방해되지 않을 곳이라면 아무데서나 다비해도 무방하다. 사리 같은 걸 남기어 이웃을 귀찮게 하는 일을 나는 절대로 절대로 하고 싶지 않다.

법정 스님의 〈미리 쓰는 유서〉 중에서

향기로운 꽃으로 지다

　법정 스님은 2010년 3월 11일, 길상사에서 세상을 떠났습니다. 법정 스님의 분향소가 차려진 길상사 설법전에는 많은 사람들로 붐볐어요. 이른 새벽 시간인데도 법정 스님의 마지막 길을 보기 위해 사람들이 구름 떼처럼 몰려들었습니다.

　나무아미타불을 외치며 두 손 모아 절을 하는 사람, 조용히 합장하는 사람, 눈물을 찍어 내며 법정 스님을 애타게 부르는 사람 등 모두 각자의 방식으로 법정 스님을 찾고 있었답니다.

　곧이어 많은 인파 사이로 법정 스님의 법구 를 태운 까만 승용차가 어렵게 일주문 밖으로 빠져나갔습니다. 장례식인 다비식은 법정 스님의 유언대로 소박하게 치러질 예정이었습니다.

"사람은 살만큼 살면 몸을 바꿉니다. 부처든 부처의 할아버지도 그렇습니다. 이 삶을 당연하게 생각하지 마십시오."

사람들은 법정 스님의 말이 귓전에 들리는 듯 떠나간 스님의 뒷모습을 넋 놓고 바라보았습니다. 지유 할머니도 스님의 마지막 가는 길을 묵묵히 지켜보았어요. 죽음을 슬픔으로 받아들이지 말라는 법정 스님의 말이 생각났지만, 가슴이 시린 것은 어쩔 수 없었답니다. 두 번 다시 스님을 볼 수 없다는 생각에 마음이 아려왔어요.

"사리˚인지 냉면인지 그게 뭐 중요하나요?"

법정 스님의 말에 사람들이 큰소리로 웃었던 적이 있습니다. 하지만 법정 스님은 곧 웃음을 거두며 엄숙한 표정으로 말을 이었습니다.

"부처님의 사리도 망치로 때리면 깨지고 맙니다. 부처님의 진정한 사리는 그분의 말씀입니다. 사리가 아닌 그분의 말씀을 따르면 됩니다. 절의 스님도 믿지 말고 자기 자신만 믿고 부처님의 길을 올곧게 따르십시오."

할머니는 수많은 사람들 속에서 까랑까랑한 목소리로 말하는 법정 스님이 불쑥 튀어나올 것만 같았습니다.

지유네 식구는 다음 날 전라남도 순천에 사는 고모할머니 집에서 하룻밤을 묵었습니다. 그곳은 지유 할머니의 고향이기도 합니다. 지유네 식구는 아침 일찍 송광사 로 떠날 채비를 했어요. 법정 스님의 다비식에 참석하기 위해서입니다. 할머니가 법정 스님을 처음 만난 곳이 송광사라니, 할머니에게는 아주 뜻 깊은 곳이에요.

"어머니, 이제 출발할까요?"

아빠의 말에 할머니가 고운 옥색 한복을 입고 길을 나섰습니다. 아직 이른 봄이어선지 새벽 공기가 얼음장처럼 차가웠습니다. 정신이 번쩍 날 정도로 맑고 푸르렀어요. 지유는 할머니의 손을 잡

법구 스님의 시신을 높여 부르는 말입니다.
사리 부처님이나 수행자의 유골을 이르는 말입니다. 후세에는 화장한 뒤에 나오는 구슬 모양의 것을 뜻합니다.
송광사 전라남도 순천에 있는 사찰입니다. 통도사, 해인사와 함께 우리나라 3대 사찰 중에 하나로, 16국사(나라의 스승)를 배출한 유명한 절이에요. 법정 스님은 송광사의 암자인 불일암에서 수행하며 글을 썼습니다.

고 묵묵히 아빠 뒤를 따랐습니다.

지유네 식구 말고도 많은 사람들이 송광사 쪽으로 향하고 있었습니다. 다리가 아픈지 지팡이를 짚고 올라가는 할머니, 가는 길마다 돌멩이를 올리며 기도하는 아주머니, 하염없이 눈물만 흘리는 젊은이도 있었답니다.

지유는 언젠가 법정 스님이 보여준 '거꾸로 된 세상'이 떠올랐습니다. 하루는 법정 스님이 고개를 숙이고 다리 가랑이 사이로 얼굴을 내밀었어요. 아이들이 달려와 키득거렸지만 꼼짝하지 않고 도리어 아이들에게 따라해 보라고 하는 거예요. 여자 아이들은 쑥스러운 듯 따라하지 않고 까르르 웃기만 했습니다. 역시 민석이가 제일 먼저 흉내를 냈습니다. 지유도 머리를 긁적이며 따라했지요.

"무엇이 보이느냐?"

"산이랑 절요."

지유와 민석이가 동시에 말했습니다.

“산은 산인데 어떤 산이냐? 매일 보던 산이냐?”

법정 스님의 말에 지유와 민석이가 다시 한 번 유심히 산을 보았습니다. 스님의 말을 듣고 보니 전에 보았던 산이 아니었습니다. 마치 다른 산처럼 보였어요.

“가랑이 사이로 보니 산이 새롭지?”

지유와 민석이는 대답하지 않고 고개만 끄덕였습니다.

“익숙한 것을 낯설게 보는 것도 좋단다. 가끔은 세상을 거꾸로 볼 필요도 있단 말이지.”

스님은 장난꾸러기처럼 씩 웃고는, 언제 그랬냐는 듯 뒷짐을 지고 설법전 쪽으로 가벼이 걸어갔습니다.

불 속에서도 살아 피어나는 연꽃

　은은한 범종 소리가 108번 울려 퍼지자 젊은 스님들이 법정 스님의 법구를 어깨에 들쳐 메고 나왔습니다. 관도 없이 평소 입었던 붉고 수수한 가사[*]로 덮인 법정 스님의 법구가 지나가자 사람들이 석가모니불과 나무아미타불을 외웠습니다. 할머니도 두 손을 모으고 나직이 나무아미타불을 속삭였지요.

　편백나무와 소나무가 빽빽이 숲을 이룬 다비장 한가운데에는 장작더미가 수북하게 쌓여 있습니다. 바로 스님의 법구가 놓일

❀ **가사** 스님이 승복 위에 걸치는 붉은색 천을 말합니다.

자리랍니다. 스님의 법구가 그곳에 다다르자 뒤따라온 사람들이 더욱 큰소리로 나무아미타불을 외쳤습니다. 법구 위로 참나무 장작이 겹겹이 쌓여 갔습니다.

지유는 다비식을 한 번도 본 적이 없었기에 모든 것이 새롭고 놀라웠습니다. 무서운 생각도 들었어요. 어른들과 스님들의 얼굴이 하나같이 슬프고 어두웠기 때문이에요. 수만 명의 사람들이 지켜보는 가운데 커다란 나무 기둥이 세워졌습니다. 사람들의 슬픔만 덜어낸다면 모닥불을 피우기 위해 장작더미를 쌓아 놓은 것 같았지요.

하지만 그런 생각도 잠시, 지유는 그 속에 스님이 있다고 생각하니 덜컥 겁이 났어요. 지유는 두려움에 할머니의 손을 꼭 쥐었습니다. 순간 불이 닿자 불길이 확 올라섰습니다. 불길이 커지자 사람들의 목소리가 더욱 높아졌습니다.

"스님, 불 들어갑니다. 스님, 나오세요!"

"스님, 빨리 나오세요!"

"스님! 스님!"

울부짖는 사람들의 목소리와 염불 소리가 꼬리에 꼬리를 물듯 위로 더 위로 올라가다가 공중에서 산산이 흩어졌습니다. 시커먼 연기가 사람들과 깊은 숲 속을 스르륵 휘감았어요. 회색빛 재가 아쉬운 듯 둥둥 떠다니다 사람들의 머리와 어깨에, 땅과 나무에 조용히 내려앉았습니다.

"죽음이 없다면 삶은 무의미해집니다. 죽음이 싫다면 제대로 살 줄을 알아야 합니다. 그러나 육신은 헌 옷 같습니다. 그러니 깨어 있고 정진하십시오. (……) 사람은 저마다 고유하게 사는 방식이 있듯이, 죽음도 그 사람다운 죽음을 택할 수 있도록 이웃들은 거들고 지켜보아야 합니다. (……) 삶은 간소하고 단순하게, 또 삶을 마감할 때도 마찬가지로 단순하고 간소해야 합니다."

하늘 위로 불길이 올라갈수록 법정 스님의 목소리가 더욱더 또 렷이 들려오는 것 같았어요. 반대편에 서 있는 동자승이 눈물을 흘리는지 승복 소매가 올라갔다 내려가기를 반복했습니다. 동자 승이 우는 모습을 보자 지유도 가슴이 먹먹해졌어요.

지유는 여름 수련회 때 재미난 얘기를 들려주던 법정 스님의 모 습이 다시 떠올랐습니다. 아이들에게 농담을 걸던 해맑은 모습도 생각났어요. 다시는 스님의 모습을 보지 못한다고 생각하니 콧물 이 나오고 목에서 뜨거운 것이 올라왔습니다. 연기 때문에 목이 아픈 것과는 다른 느낌이었어요.

지유는 문득 자신의 손을 꼭 잡고 기도하는 할머니를 물끄러미 바라보았습니다. 언젠가 할머니도 스님처럼 지유 곁을 떠날 것입 니다. 지유는 좋아하는 사람을 다시 볼 수 없는 슬픔이 무엇인지 어렴풋이 알 것 같았어요.

"스님은 가셨지만 불길 속에서 스님이 남기신 참뜻은 연꽃처럼 피어날 것으로 믿습니다."

법정 스님의 상좌˚인 덕현 스님이 큰소리로 외쳤습니다. 덕현 스님과 많은 사람들이 함께 소리쳤습니다.

172

"화중생연!(불 속에서도 살아 피어나는 연꽃)"

사람들의 목소리가 편백나무 숲을 가득 메웠습니다. 그들은 모두 법정 스님이 불 속에서도 살아 있는 연꽃으로 다시 피어날 것을 믿었습니다. 한 조각 구름이 어디서나 매순간 생겼다가 스러지고, 스러졌다가 다시 생겨나는 것처럼 말이에요.

다비식이 끝나고도 그곳을 떠나지 못하던 사람들이 하나둘 발길을 돌렸습니다. 스님이 남기신 참뜻을 저마다 가슴속에 한가득 담고서요. 지유는 다비식장을 떠나며 자꾸만 뒤를 돌아보았어요. 흰빛 연기가 아직도 떠나지 않고 숲 속을 맴돌고 있었답니다. 눈물 가득한 지유의 눈에 작디작은 연꽃이 한줄기 바람처럼 일었다가 스러지는 것 같았습니다.

'어른 스님!'

상좌 스승의 대를 이을 제자 스님을 뜻하는 말이에요.

부처님과 1박 2일

● 지유는 여름방학 때 선수련회(템플 스테이)에 참여했답니다.
자, 함께 떠나 볼까요?

출발

지유는 간단한 세면도구와 필기도구를 배낭에 넣고 선수련회에 갔어요. 선수련회는 절에서 생활하면서 사찰 문화를 익히고 수행하는 것을 말해요.

합장

모두 다 같이 합장을 하고 줄지어 방을 걸어요. 발뒤꿈치를 들고 소리가 나지 않게 사뿐히 걸어 한 바퀴를 돌았어요.

편지 쓰기

평소에 부모님께 하고 싶었던 말이나 감사한 마음을 적는 거예요. 지유는 할머니께도 편지를 썼어요.

발우공양

배가 고파요. 하지만 밥을 먹는 것도 수행이지요. 지유는 말을 하지 않고 밥을 남김없이 다 먹었어요.

21배

저녁 예불 후 나를 찾아가는 21배를 했어요. 오후에 배운 절하는 법을 되새기며 부처님께 마음을 다해 절을 했습니다.

별자리 보기

잠자리에 들기 전 하늘에 떠 있는 별자리 찾기를 했어요. 지유는 자신의 별인 쌍둥이자리를 찾았어요.

참선

새벽 예불을 드린 후에 벽을 보고 참선을 했습니다. 가만히 앉아 있는 게 생각보다 힘들지는 않았어요.

발우공양

아침 공양을 하고 나니 힘이 불끈 솟는 것 같아요. 지유는 발우를 깨끗이 닦고, 처음처럼 보자기로 싸서 제자리에 놓았어요.

법회 시간

큰스님은 어진 친구와 존경할 만한 친구를 사귀면 행복하다고 말씀하셨어요.

회향식

선수련회의 끝을 알리는 회향식이 시작되었어요. 부처님의 좋은 말씀을 가슴속에 새길 수 있는 좋은 시간이었어요.

여섯 잎

마음속
부처님의 씨앗

선행이란 나누는 것입니다. 많이 가진 것을 그저 퍼
주는 게 아니라, 내가 잠시 맡고 있던 것들을 사람들
에게 되돌려 주는 것이지요. 그렇기에 마음을 맑히
기 위해서는 작은 것과 적은 것에 만족할 줄 알아야
합니다.

새들이 놀라다 도망가겠다

"이곳까지 왔으니 올라가 보자."

할머니가 서울에 가기 전에 불일암에 다녀오자고 했습니다. 지유네 식구는 송광사 뒤로 난 숲길을 따라 불일암에 올라갔습니다. 불일암은 서울 강남 봉은사에 있던 법정 스님이 1975년 송광사로 내려가 절터만 남아 있던 자리에 새로 짓고, 강원도 오두막 집으로 가기 전까지 머물렀던 곳입니다. 대나무가 우거진 숲길로 들어서자, 불일암으로 가는 표지판이 보였습니다. 할머니가 중얼거렸어요.

"옛날에는 'ㅂ' 자만 쓴 아주 작은 암호 같은 표지판만 있어서

찾아가기가 어려웠지.”

“표지판을 왜 암호로 만들어요?”

지유가 궁금해하며 묻자, 아빠가 걸음을 멈추고 말했습니다.

“법정 스님이 큰 표지판 붙이는 걸 싫어하셨단다. 사람들이 너무 많이 찾아왔거든. 스님이 살아 계셨다면 저런 표지판을 세우지 못하게 하셨을 거야.”

할머니는 고향에 살 때 스님을 만나기 위해 불일암에 몇 번이나 올라간 적이 있었습니다. 하지만 스님이 계시지 않아 산만 하염없이 바라보다 내려오곤 했어요.

“그런데 딱 한 번 스님을 뵌 적이 있지. 한여름이었는데, 어떤 청년이 내 앞에서 바지런히 걸어가고 있는 게야.”

할머니는 시간을 거슬러 올라가 오래전 그 길을 걷고 있는 듯했습니다.

뜨거운 여름, 매미들의 합창소리가 숲 속을 가득 메우고 있던 날이었어요. 간간이 불어오는 바람에 댓잎이 바스락거리고, 햇빛

이 숲 속 구석구석 가 닿지 않는 데가 없었어요. 할머니보다 몇 발자국 앞에 한 청년이 더위를 잊은 듯 푸른 잎들을 헤치며 걷고 있었습니다.

'저 청년도 스님을 뵈러 가는구나. 무슨 일로 스님을 뵈러 가는 걸까?'

할머니는 자기도 모르게 정신없이 청년의 뒤를 바짝 쫓았습니다. 스님을 만나러 가는 길이라면 함께 걸으며 말벗이 되고 싶었나 봅니다. 그런데 청년이 갑자기 목이 터져라 스님을 불렀어요. 마치 스님이 눈앞에 보이기라도 한 듯 말이죠.

"스님, 저 왔어요! 스님!"

할머니가 놀라 걸음을 멈춰 섰습니다. 청년은 할머니가 뒤따라오는 걸 눈치 채지 못한 모양이었어요.

"이 녀석아, 새들이 놀라 다 도망가겠다."

법정 스님의 카랑카랑한 목소리가 산 아래로 메아리쳤습니다. 법정 스님은 청년이 반가운지 큰소리로 웃었습니다. 오랜만에 스님의 웃음소리를 들은 청년이 잠깐 걸음을 쉬더니 헤벌쭉하며 다시 소리쳤어요.

“스님, 저 금방 올라갈게요.”

청년은 힘이 막 솟아나는지 달리듯 불일암으로 올라갔습니다. 어찌나 빠른지 할머니 걸음으로는 도저히 따라잡을 수가 없었어요.

‘스님과 잘 아는 청년인가 보네…….’

할머니는 청년을 따라 불일암으로 올라가 스님을 만나야 할지, 그냥 내려가야 할지 고민이 되었답니다.

‘스님이 계시는데, 얼굴이라도 뵙고 가야지.’

할머니는 먼발치에서라도 스님의 얼굴을 보고 싶어, 점점 작아지는 청년의 뒤를 부지런히 쫓아갔습니다.

맑고 향기롭게 살아가기

"할머니, 그래서 어른 스님을 만났어요?"

지유가 자꾸만 채근하자, 엄마, 아빠도 궁금한지 걸음을 멈추었습니다. 모두들 그날 할머니가 스님을 만났는지 궁금했답니다. 할머니가 고개를 끄덕였어요.

"만났지. 올라가 보니 스님이 청년과 마루에 걸터앉아 도란도란 얘기를 나누고 있더구나. 먼발치에서 보고 있으니 차마 그네들한테 말을 걸 수가 없었어. 어떤 사이기에 저렇게 다정하게 얘기를 나눌까 싶고…… 그 청년이 누군지 궁금했지만 그 길로 집으로 돌아왔단다."

할머니는 두 사람이 아버지와 아들처럼 친근해 보였다고 했습니다. 지유도 청년이 스님과 어떤 사이일까 조금 궁금해졌어요. 할머니가 곧 지유의 궁금증을 풀어 주었습니다.

"나중에 안 일이지만, 그 청년은 어린 시절부터 스님에게 장학금을 받았던 학생이었단다. 잘 자라 대학생이 되었다는구나."

"스님에게 장학금을 받았다고요?"

지유가 무슨 말인지 몰라 어리둥절한 표정을 짓자, 할머니가 자세히 알려 주었어요.

"어른 스님이 글을 쓰신 건 알고 있지?"

지유가 고개를 끄덕였습니다. 집에도 스님의 책이 많이 있으니까요. 어렸을 때 할머니에게 스님이 쓴 동화책을 선물로 받은 적도 있답니다.

"스님은 글을 써서 생긴 돈으로 학생들에게 장학금을 주셨단다. 그래서 2월만 되면 출판사 사장한테 돈을 달라고 재촉을 하셨지. 새 학기가 되면 학비가 필요했거든."

할머니는 법정 스님이 사람들과 '맑고 향기롭게' 라는 시민모임을 만들어 활동한 얘기도 들려주었어요. '맑고 향기롭게' 라면……?

지유는 설법전 위에 있는 조그마한 사무실이 생각났습니다.

"알아요! 할머니, 저도 '맑고 향기롭게' 알아요."

지유가 자신 있다는 듯 말했습니다.

1993년 가을 어느 날, 법정 스님이 서울 경복궁 동쪽문 건너편에 있는 법련사를 찾아갔습니다. 스님을 따르고 존경하던 사람들도 한자리에 모였고요.

"중이 그동안 시주로 받은 밥값은 하고 가야겠기에, 한 가지 하고 싶은 일이 있습니다."

스님은 그곳에 모인 사람들에게 꽃이 없는 세상을 꽃이 있는 세상으로 일구어 가자며 '맑고 향기롭게 살아가기 운동'을 펼치자고 말했습니다.

"흔히들 마음을 맑히고 비우라고 말하지요. 그러나 정작 누구도 그것이 마음을 맑히는 법이라고 얘기하는 사람이 없습니다. 또 실제 생활에서 마음을 비우고 사는 사람을 만나기도 쉽지 않아요. 마음이란 결코 말로써, 관념으로써 맑아지는 것이 아니기

때문이지요. 실제 선행을 했을 때만 마음이 맑아집니다.”

“선행을 했을 때 마음이 맑아진다고요? 그렇다면 스님, 선행이
란 무엇입니까?”

“선행이란 나누는 것입니다. 많이 가진 것을 그저 퍼 주는 게
아니라, 내가 잠시 맡고 있던 것들을 사람들에게 되돌려 주는 것
이지요. 그러니 마음을 맑히기 위해서는 작은 것과 적은 것에 만
족할 줄 알아야 합니다.”

“작은 것과 적은 것에 만족한다는 건 무슨 뜻입니까?”

스님이 덧붙였습니다.

“살아가는 데 꼭 필요한 것만 지니는 것이 작은 것에 만족하는
마음입니다. 하찮은 것 하나라도 소중히 여기고, 그것을 소유할
수 있음에 감사하면 맑은 기쁨이 절로 샘솟습니다. 그것이 행복
이지요.”

누군가 이렇게 말했습니다.

“사람들은 만족할 줄 모르고 더 많이 가지려고 합니다. 갑자기
적게 갖고, 욕심 없이 살기란 쉽지 않을 겁니다.”

그러자 스님이 낮은 목소리로 말했어요.

"물질의 노예가 되어가고 있기에, 욕심을 버리고 사랑을 실천해야 합니다. 그런 삶을 사는 것이 바로 '맑고 향기롭게 살아가기 운동'이랍니다."

스님의 생각을 들은 방송인, 동화작가, 청학 스님, 기업인, 출판인, 교수, 방송작가 등의 불교 신자들과 천주교, 개신교, 원불교를 비롯해 종교를 초월한 다양한 사람들이 너도나도 그 운동에 참여하겠다고 나섰습니다. 이것이 바로 시민모임 '맑고 향기롭게'가 탄생한 과정이랍니다.

법정 스님께서 말씀하신 맑고 향기로운 실천 덕목

- 욕심을 줄이고 만족하며 살아요.
- 화내지 말고 웃으면서 살아요.
- 나 혼자만 생각 말고 더불어 살아요.
- 나누어 주며 살아요.
- 양보하며 살아요.
- 남을 칭찬하며 살아요.
- 우리 것을 아끼고 사랑해요.
- 꽃 한 포기, 나무 한 그루 가꾸며 살아요.
- 덜 쓰고 덜 버려요.

하루에 한 가지씩 버리기

어두운 대나무 숲길을 빠져나오자 갑자기 세상이 밝아진 듯했습니다. 다섯 발자국 앞에 불일암이 보였습니다. 갑자기 책에서 번쩍 하고 튀어나온 것 같았어요.

지유는 제일 먼저 우물가로 달려가 약수를 벌컥벌컥 들이켰습니다.

'아차차! 할머니께도 갖다 드려야지.'

지유가 물을 한 잔 떠 할머니에게 주었습니다. 할머니가 마시고는 시원하다며 좋아했어요. 지유네 식구는 불일암 암자를 둘러보았습니다.

암자 주변에는 법정 스님의 사진 몇 장과 빠삐용 의자, 노오란 세숫대야가 놓여 있었습니다. 댓돌에 올라 있는 하얀 고무신을 보니 안에 누가 살고 있는 것 같았어요. 지유는 이상한 기분이 들어 할머니에게 물었습니다.

"할머니, 여기 누가 살고 있나 봐요."

지유가 문 틈새로 방을 훔쳐보았습니다. 문고리를 잡고 흔들어 보았지만 잠겨 있어 열 수가 없었지요. 할머니가 문 앞에 있는 글귀를 가리켰습니다.

"스님이 수행하는 곳이니 문을 열지 말라는구나."

"여기 주인은 어른 스님이잖아요."

지유는 혹시 스님이 다시 돌아온 건 아닌가 생각했어요. 할머니는 어른 스님을 이제 마음으로만 만날 수 있다고 했지만, 하얀 고무신에 스님의 체온이 남아 있는 것 같았거든요. 무엇보다 어른 스님의 집에 다른 스님이 사는 게 이상했습니다. 기분이 좋지 않았어요.

그러자 할머니가 말했습니다.

"이곳의 주인은 스님이 아니란다. 스님이 잠시 지내셨던 곳이지. 이제 다른 스님이 머무는 거란다. 하지만 그 스님도 이 집의 주인은 아니야. 법정 스님의 말씀처럼, 이 집의 주인은 새들과 나무, 자연이란다.”

“자연이 주인이라고요?”

할머니가 맞다며 고개를 끄덕였습니다. 어떻게 사람이 사는 집이 자연의 것이 될 수 있을까요?

언젠가 법정 스님이 난초를 정성스럽게 키운 적이 있었습니다. 난초를 데려다 사랑도 듬뿍 주고, 외로움도 달래며 3년 동안 함께 살았답니다. 난초는 스님의 정성에 보답이라도 하듯, 이른 봄이면 연둣빛 꽃을 피워 은은한 향기를 내뿜고, 초승달처럼 생긴 이파리에는 윤기가 반질반질했어요.

어느 뜨거운 여름날, 길을 나선 스님은 불현듯 난초를 뜰에 내놓은 것이 생각났습니다.

‘아차! 뜨거운 햇볕에 난이 말라 죽겠구나!’

스님은 허둥지둥 돌아와 난초를 집 안에 들여 놓았답니다. 축

늘어진 잎을 살리기 위해 샘물을 길어다 주며 정성껏 보살폈어
요. 겨우 고개를 들어 안심이 되었지만, 예전처럼 생생한 기운이
보이지 않아 속이 상했습니다. 그런데 그 순간 지금껏 깨닫지 못
한 뭔가가 스님의 마음 문을 두드렸어요.

'아! 이건 집착이구나. 집착은 곧 괴로움이 되는구나!'

스님은 자신이 난초에 집착하고 있다는 걸 깨달았어요. 그래서
그 난초를 친구에게 주고 나서야 얽매임에서 비로소 벗어날 수
있었지요. 3년 동안 정도 많이 들고 외로울 때는 벗이 되어 주기
도 했지만, 스님은 서운하고 허전한 기분보다는 홀가분한 마음이
앞섰다고 해요.

마하트마 간디는 런던에서 열린 제2차 원탁회의에 참석하러 가
던 도중, 마르세유 세관원에게 소지품을 펼쳐 보이며 이렇게 말
했다고 합니다.

"나는 가난한 탁발승이오. 내가 가진 거라고는 물레와 교도소
에서 쓰던 밥그릇과 염소젖 한 깡통, 허름한 모포 여섯 장, 수건,
그리고 대단치도 않은 평판, 이것뿐이오."

법정 스님은 간디의 글을 보면서 몹시 부끄러웠습니다. 스스로

가진 것이 너무 많다고 생각했기 때문이에요. 사람은 태어날 때 아무것도 없지만, 살다 보면 이것저것 자기 물건이 생기기 마련이니까요.

"따지고 보면, 본질적으로 내 소유란 있을 수 없다. 태어날 때부터 가지고 온 물건이 아니니 내 것은 없다. 어떤 인연으로 해서 내게 왔다가 그 인연이 다하면 가 버리는 것이다."

스님은 그때부터 하루에 한 가지씩 버려야겠다고 다짐했습니다. 난초를 만나서 진정한 무소유의 의미를 깨달은 거예요. "소유가 범죄처럼 생각된다"는 간디의 말처럼 크게 버리는 사람만이 크게 얻을 수 있다는 것을 깨우친 것입니다.

"어머니, 늦기 전에 출발해야죠."

아빠의 말에 엄마가 할머니의 팔짱을 끼며 할머니를 부축했습니다. 해가 지자, 불일암 주변이 노을로 온통 붉어졌어요. 할머니가 붉은 노을을 바라보며 문득 그 자리에 섰습니다. 지유가 할머니의 손을 쥐며 가자고 말했지요. 떠나기 전 할머니는 다시 한 번 불일암을 돌아보며 생각했습니다.

'스님도 여기서 저 노을을 오랫동안 보셨겠지…… 스님은 아무 것도 없이 사셨지만, 대신 이 큰 세상을 품고 사셨을 게야.'

마음으로 하는 일곱 빛깔 선행

완연한 봄이 되었습니다. 길상사 곳곳에서 이름 모를 풀꽃들이 피어나고 집니다. 여기저기에서 초록을 자랑하던 잎사귀들이 어느새 꽃을 피웠나 봅니다. 개나리, 진달래, 제비꽃, 봄맞이꽃들이 앞 다투어 봄을 알리고 있어요. 지유는 봄이 찾아온 길상사의 일주문에 들어설 때마다 자기도 모르게 코를 벌름거립니다. 꽃이 웃으니 사람들도 웃고, 땅이 향기로우니 하늘도 맑습니다.

지유와 민석이는 이제 5학년이 되었어요. 어린이 법회에서도 6학년 형들 다음으로 큰 형이랍니다. 민석이는 제법 형님 티를 냈습니다. 스님의 말씀도 잘 듣고, 말썽을 일으키는 동생들에게 무섭게 호통을 치기도 해요. 지유는 그런 민석이를 볼 때마다 자꾸만 웃음이 나옵니다. 아직도 길상사의 으뜸 장난꾸러기처럼 보이니까요. 그렇지만 지유도 민석이를 따라 어린 동생들을 잘 돌봐야겠다고 다짐을 했습니다.

어린이 법회가 있는 일요일입니다. 지유가 민석이와 강당에 막 들어서는데 아는 얼굴이 보였어요.

‘……쟤는?

지유의 눈이 휘둥그레졌습니다. 민석이가 지유를 흘끗 보더니 "누구야? 아는 애야?" 하고 물었어요. 지유는 그 애를 안다고 해야 할지, 모른다고 해야 할지 아리송했습니다. 승민이었습니다.

승민이와 승민이 엄마가 스님과 선생님에게 인사를 하고 있었어요.

"승민아, 인사드려야지."

하지만 승민이는 스님과 선생님을 쳐다보지도 않고 자꾸만 제 엄마 뒤로 얼굴을 감췄습니다.

"귀엽게 생겼네."

선생님이 승민이의 얼굴을 만지려 하자 승민이가 화들짝 놀라

며 고개를 홱 돌렸습니다. 선생님이 조금 당황한 표정을 짓자 아주머니가 힘들게 말을 꺼내는 것 같았지요.

"선생님, 승민이가……."

지유는 관세음보살 상 앞에서 벌어졌던 일을 생각하니 얼굴이 빨개지는 것 같았어요. 화가 나는 것은 아니지만, 억울한 마음은 그대로였습니다. 승민이는 키가 조금 컸지만 얼굴은 변함이 없었어요.

'근데 왜 승민이가 여기에 있지?'

순간 지유는 불길한 예감이 들었습니다. 아니나 다를까, 오늘부터 승민이가 일요일 어린이 법회에 참석한다고 해요.

"승민이는 이곳이 처음이니까 너희들이 많이 도와주어야 한다. 알겠지?"

"네!"

스님의 말에 아이들이 씩씩하게 대답했습니다. 여자 아이들은 승민이가 귀엽다고 난리였습니다. 지유는 승민이를 잘 돌볼 수 있을까 조금 걱정이 되었어요. 그런데 4학년이 된 서정이가 제 동생이라도 되는 듯 승민이를 옆에 앉히고 꼼꼼하게 챙겼습니다.

지유는 승민이가 떼를 쓰거나 이상한 행동을 할까 봐 신경이 쓰였어요. 하지만 지유의 생각과 달리 승민이는 얌전한 고양이처럼 서정이 옆에 딱 붙어 조용히 앉아 있었어요.

'한 살 더 먹더니 철이 들었나!'

지유는 달라진 승민의 모습에 얼떨떨했습니다. 한 주 뒤에도 승민이는 조용히 있었답니다. 물론 이곳저곳을 두리번거리다 피아노를 만지기는 했지만, 소리를 지르거나 울지 않았어요.

하지만 아이들은 승민이가 제대로 말을 하지 못하고, 혼자서 엉뚱한 소리를 하는 걸 보고 장애가 있다는 걸 곧 눈치 챘습니다.

오늘은 우중충한 날씨 때문인지 승민이가 들어올 때부터 짜증을 부리고 칭얼댔습니다. 입정을 할 때는 급기야 발딱 일어나더니 소리를 지르며 여기저기를 돌아다녔어요. 스님이 두어 번 주의를 주었지만 그때뿐이었어요.

"오늘은 부처님의 이야기 중 무재칠시(無財七施)에 대해 알아보자. 무재칠시는 재물이 아닌 마음으로 하는 일곱 가지 보시를 말

한다. 사람들은 대부분 돈이 없어 남을 도와줄 수 없다고 말하는데, 사실 그렇지가 않아. 돈이 없어도 마음으로 도울 수 있단다. 너희들도 누구나 할 수 있어."

스님은 일곱 가지 보시를 하나씩 이야기해 주었답니다.

"무재칠시 중에 안시가 있단다. 안시는 눈으로 남을 대하는 보시란다. 늘 좋은 눈으로 남을 바라보고……."

그런데 그때, 스님은 말을 멈출 수밖에 없었습니다. 승민이가 강당을 펄쩍펄쩍 뛰며 돌아다니기 시작했거든요. 지유는 승민이가 못마땅해 얼굴을 찡그렸습니다. 얼굴을 찡그리니, 눈이 사나워지고 곧 마음도 어두워졌어요.

순간 지유는 스님이 자기를 쳐다보고 있는 게 아닌가 흠칫 놀랐어요. 늘 좋은 눈으로 남을 바라봐야 한다고 배우고 있었는데…….

"승민아, 와서 자리에 앉으렴."

스님이 말했지만 승민이는 듣는 척도 하지 않았어요. 그러자 서정이가 재빨리 승민이를 달래서 자리로 돌아왔습니다. 스님이 서정이에게 고맙다고 웃어 보이며, 서정이의 행동이 일곱 가지 보시 중에 다섯 번째인 신시라고 했습니다.

"신시는 몸을 나누는 보시란다. 방금 서정이가 장난치는 승민이를 데려와서 수업을 계속할 수 있게 도와준 것이 바로 몸을 나누는 보시란다……."

스님은 일곱 가지를 모두 알려 주었습니다. 이런 나눔은 돈이 있거나 없거나 상관없이, 언제 어디서나 할 수 있는 나눔이라고 했습니다.

"새해가 되면 '복 받으세요'라고 덕담을 나누지? 하지만 복은 받는 게 아니라 짓는 거라고 어른 스님께서 말씀하셨단다. 따사로운 웃음을 담는 것이나 좋은 말과 부드러운 말씨로 사람을 대하는 것으로 매일매일 복을 지어야 한다고 하셨지."

'복은 받는 게 아니라 짓는 거라고?'

지유는 승민이를 못마땅한 얼굴로 쳐다본 게 창피했습니다. 불과 일 분 전에 배운 것도 못 지킨 자신이 말이에요. 서정이는 스님에게 배우지도 않고 몸을 움직이는 보시를 했잖아요. 승민이가 서정이 옆에서 얌전해지는 것도 다 이유가 있는 게 아닐까요? 지유는 승민이를 못마땅해 하고, 서정이는 승민이를 좋아해요. 승

민이가 그걸 다 알고 있는 게 분명합니다.

지유는 고개를 들어 여전히 강당을 휘젓고 다니는 승민이를 물끄러미 바라보았습니다. 인상을 찡그리지 않고 고운 눈으로 바라보려고 노력했지요.

가만히 생각해 보니 누군가 자기를 조금만 이상하게 봐도 화가 났던 것 같아요. "뭘 봐?" 하고 시비를 걸었던 것도 생각나고요. 지유는 아직도 이상한 행동을 하며 뱅글뱅글 돌아다니는 승민이를 다시 보았어요. 어느새 지유의 눈길이 아주 조금씩 부드러워지고 있었답니다.

찌그러지고 못생긴 연등도 괜찮아

부처님오신날이 한 달 앞으로 다가왔습니다. 아이들이 극락전 앞에 달 연등을 만들기로 했습니다.

"자, 오늘은 세 조로 나눠서 꼬마 연등을 만들 거예요. 형과 동생을 섞어서 조를 만들어 보세요."

청명 스님은 아이들이 스스로 조를 짜도록 했습니다. 지유와 민석이는 같은 조를 하고 싶었지만, 동생들을 도와줘야 했기에 할 수 없이 이산가족이 되었어요.

"모두 세 조로 나누었나요?"

"네!"

아이들이 힘차게 대답했습니다. 어? 그런데 지유의 눈에 방구석 피아노 의자 안에 들어가 있는 승민이가 들어왔습니다. 지유가 승민이를 가리키며 말했어요.

"스님, 승민이요! 승민이가 남았어요."

하지만 평소에 승민이를 잘 데리고 놀던 아이들도 오늘만큼은 서로 눈치만 보고 선뜻 나서지 않았어요. 분명히 승민이가 연등을 망칠 거라고 생각한 것이죠. 지난번 만들기 시간에도 연필꽂이를 모두 망쳐 놓았거든요. 그래서 모두들 승민이와 무엇을 만드는 걸 꺼려했어요. 서정이도 이번에는 어쩔 수가 없었답니다. 지유는 승민이가 조금 가여워 보였어요.

"그럼 승민이가 어느 조에 가면 좋을까?"

세 조의 인원이 모두 똑같아 누군가 승민이를 데리고 간다고 해야 할 처지였습니다. 하지만 아무도 승민이를 데리고 가지 않았어요. 청명 스님은 눈치만 보고 있는 아이들의 얼굴을 말없이 바라보았습니다. 아이들은 슬쩍슬쩍 스님의 눈길을 피했습니다. 지유도 스님과 눈이 마주치지 않기를 바랐지요. 그런데 시선을 피한다는 것이 그만 스님과 딱 마주치고 말았어요.

‘아, 어떡해? 그냥 우리 조로 한다고 할까? 그런데 승민이가 다 망쳐 버리면 어떡하지?’

지유는 승민이가 꽃잎을 찢거나 종이컵을 마구 구겨 버릴 것만 같았습니다. 망가진 꼬마 연등이 눈앞에 생생했어요. 이런저런 걱정들이 머릿속에서 휙휙 도깨비불처럼 지나갔습니다.

청명 스님이 아이들에게 생각할 시간을 조금 주기로 했습니다.

“어른 스님은 4월 초파일이 부처님오신날이 아닌 ‘부처님 오시는 날’이 되어야 한다고 했단다. 이게 무슨 뜻인지 아는 사람?”

스님의 말에 아이들이 고개를 저었습니다. 도통 무슨 말인지 알 수가 없었어요. 민석이가 번쩍 손을 들고 물었습니다.

“스님, 부처님오신날과 부처님 오시는 날이 뭐가 달라요?”

“큰 차이가 있지.”

청명 스님은 법정 스님이 했던 말을 떠올렸습니다.

“‘오신 날’은 이미 오셨다는 뜻이지?”

아이들이 고개를 끄덕였습니다.

“어른 스님은 ‘부처님오신날’처럼 과거가 되면 안 된다고 말씀하셨단다.”

‘왜 과거가 되면 안 되지?’

지유는 스님의 말이 무슨 뜻인지 아리송했습니다. 스님은 계속 말을 이었습니다.

“‘오시는 날’ 에는 오시고 있다는 현재의 뜻이 담겨 있단다.”

‘부처님 오시는 날이라고?’

어린 동생들은 무슨 말인지 몰라 고개를 갸웃거렸습니다. 민석이가 번쩍 손을 들고 말을 참고 있었어요. 지유가 돌아보니 아주 궁금해 죽겠다는 표정이었어요.

“스님, 그럼 진짜 부처님이 오시는 거예요?”

몇몇은 푸푸 웃음소리를 냈지만 어린 동생들은 여전히 멍한 눈으로 스님을 쳐다보았습니다. 스님이 방그레 웃었습니다.

“우리 민석이가 정말 중요한 질문을 했구나. 진짜 부처님은 우리 모두를 말한다. 부처님의 씨앗을 가지고 태어났으니 누구든지 부처님이 될 수 있는 거란다. 그러니 부처님 오시는 날을 맞아 부처님의 씨앗을 키우도록 노력해 보자.”

“아~ 아!”

늘 그렇듯 민석이가 앞장서서 대답했습니다. 지유도 스님의 말이 무슨 뜻인지 알았어요.

"스님, 승민이 우리 조로 데려갈게요."

지유가 일어나 승민이에게 다가갔습니다. 승민이는 지유가 다가와도 꼼짝도 하지 않았습니다. 음악이라도 듣는 것처럼 피아노 의자 아래에서 웅크리고 있었어요.

"승민아, 이리 나와. 형이랑 연등 만들자. 연등 만드는 거 되게 재밌다~ 형이 가르쳐 줄게."

지유는 승민이가 지난번처럼 떼를 쓰면 어쩌나 걱정이 되었습니다. 하지만 웬일인지 승민이가 제 발로 성큼 나왔어요. 지유의 얼굴이 환한 보름달처럼 밝아졌습니다. 승민이도 지유를 쳐다보는 눈빛이 한결 보드라워졌어요.

'승민이가 하나도 못 만들어도, 아니 조금 부숴도 괜찮아. 찌그러지고 못생긴 연등이라도 승민이의 마음이 담겨 있는 거니까. 부처님도 승민이 마음을 알고 계실 거야.'

지유의 손을 잡고 오던 승민이가 서정이 옆에 딱 붙어 앉았습니다. 지유도 그 옆에 앉았어요.

"자, 이제 다 모였으니 연등을 만들어 볼까?"

아이들은 선생님이 나눠 준 종이컵에 하얀 종이를 붙이기 시작했습니다. 모두들 진지한 얼굴이었어요. 가슴속에 있는 부처님의 씨앗을 틔워야 했으니까요.

서정이가 승민이에게 꽃잎에 풀칠하는 법을 알려 주었습니다. 서정이와 승민이를 보는 지유의 마음이 한결 가벼워졌어요. "맑고 순수한 마음을 가지고 말하고 행동하면 즐거움이 따른다"는 법구경의 글귀가 아이들 머리 위에 사뿐히 내려앉습니다.

방 안을 둘러보니 민석이가 어린 동생을 도와주고 있었습니다. 다른 조에서도 형들이 어린 동생들 옆에서 신시(몸을 나누는 보시)를 실천하고 있었어요.

"승민아, 여기에다 붙이는 거야."

승민이가 꽃잎을 어디에 붙여야 할지 몰라 허둥지둥하자, 이번에는 지유가 가르쳐 주었어요. 서정이가 고개를 들고 지유를 쳐다보았어요. 둘이 마주보며 빙그레 웃었습니다. 스님도 어느새 고운 미소를 지으며 아이들을 바라봅니다. 부처님의 씨앗이 여기저기서 싹을 틔우고, 고운 연꽃이 방안 가득 피어나고 있었습니다.

　드디어 부처님오신날이 되었습니다. 지유는 저녁 법회에 참석하려고 할머니와 함께 길상사에 갔습니다. 일주문 앞에 선 지유가 두 눈을 감고 기도했습니다.

　'부처님, 어른 스님 말씀처럼 부처님 오시는 날이 되도록 도와주세요. 제가 부처님의 씨앗을 싹 틔울 수 있도록 해 주세요.'

　일주문에 들어서자 극락전까지 빨강, 노랑, 흰색 연등이 봄바람에 흐르는 물결처럼 찰랑거렸습니다. 군데군데 아이들이 만든 꼬마 연등도 앙증맞게 흔들리고 있었고요.

　"승민이 연등은 한눈에 들어와 찾기가 쉽겠구나!"

　지유는 찌그러지고 못생긴 승민이의 연등을 보니 스님이 했던 말이 생각났어요. 그때는 스님의 말이 이상하게 들렸지만, 지금 보니 정말 승민이의 연등만 한눈에 들어와요. 찌그러지고 못생겨도 하늘에 매달려 있으니 똑같이 곱습니다.

　지유는 아이들이 앉아 있는 극락전 마당으로 뛰어갔습니다. 아이들이 돗자리 위에 자리를 잡고 있었어요. 지유가 재빨리 승민

이 옆으로 다가갔습니다.

“승민아, 안녕!”

인사를 건넸지만 승민이는 눈길도 주지 않았어요.

“네가 만든 연등 저~기 있잖아.”

지유가 승민이의 연등을 가리키며 다시 아는 척했지만, 역시 관심을 보이지 않았어요. 지유는 괜히 승민이 옆에 앉았나 하는 생각이 들었습니다.

법회가 시작되자, 어른들이 염불 소리에 맞춰 불경을 외기 시작했습니다. 곧 연등의 불이 일시에 켜졌습니다. 빨강, 노랑, 흰색 연등이 꽃처럼 환하게 길상사를 비추었어요.

그런데 승민이가 자꾸 일어나려고 했습니다.

“승민아, 앉아. 지금은 앉아 있는 시간이야.”

지유가 아무리 앉으라고 해도 말을 듣지 않았습니다. 지유는 승민이의 옆에 앉은 게 슬슬 후회가 되기 시작했어요. 사람들이 자기들만 쳐다보는 것 같았답니다.

“승민아, 얼른 형 말 들어. 착하지? 응?”

지유가 최대한 소리를 낮추어 말했습니다.

"꽃! …… 형 꽃 예뻐."

"뭐? 뭐라고?"

순간 지유가 자신의 귀를 의심했습니다. 승민이가 분명히 꽃이
라고, 형이라고 말했어요! 지유한테 형이라고 말한 거예요.

"승민아, 뭐라고? 다시 말해 봐!"

하지만 승민이는 다시 말하지 않았습니다. 마치 그 순간이 지나
면 아무 말도 할 수 없는 사람처럼 굳게 입을 다물었습니다. 지유
는 그런 승민이가 순간 야속했지만, 기분은 날아갈 듯 좋았어요.
승민이가 자기한테 형이라고 불러 줬으니까요. 처음으로 말을 걸
었으니까요.

지유가 문득 하늘을 올려다보았습니다. 어여쁜 꽃들이
하늘에 가득했어요. 사람들 마음에 찾아든 맑고
향기로운 꽃들이 길상사 바깥으로
멀리멀리 퍼져나갔습니다.

조원
진우
인성
영아
소망
수미

마음으로 하는 일곱 가지 보시

● 부처님은 가진 것이 없어도 남을 도울 수 있는 '무재칠시'에 대해 말씀하셨습니다. 여러분이 할 수 있는 무재칠시를 써 보세요.

무재칠시 이야기

하루는 어떤 사람이 부처님에게 찾아가 불평을 늘어놓았습니다.

"부처님, 저는 되는 일이 없습니다. 뭘 해도 아무것도 되지 않습니다."

그러자 부처님이 말했습니다.

"그것은 네가 남에게 베풀지 않았기 때문이니라."

그 사람은 부처님에게 도리어 화를 냈지요.

"아니 빈털터리인데 제가 어떻게 남을 도울 수 있습니까?"

"가진 것이 없어도 남을 도울 수 있는 것이 일곱 가지나 있느니라. 이 일곱 가지를 행한다면 너에게도 행운이 따를 것이다."

1 화안시

화안시(和顔施)는 부드러운 얼굴로 정답게 남을 대하는 것입니다.

2 언시

언시(言施)는 칭찬과 격려, 위로, 양보, 사랑 등의 말로 베푸는 것입니다.

3 심시

심시(心施)는 마음의 문을 열고 따뜻한 마음을 주는 것입니다.

민석이는 지유가 만든 염주를 받고 화를 풀었어요.

4 안시

안시(眼施)는 호의를 담는 눈으로 상대를 보며 베푸는 것입니다.

지유는 승민이가 강당을 뛰어다녀도 얼굴을 찌푸리지 않았어요.

5 신시

신시(身施)는 자신의 몸으로 남을 도와주는 것입니다.

수연 스님은 법정 스님을 위해 몇 시간을 걸어가서 약을 지어 왔어요.

6 좌시

좌시(座施)는 자리를 내주어 양보하는 것입니다.

지유가 승민이를 데려와 자기 옆에 앉혔어요.

7 방사시

방사시(房舍施)는 자신의 공간인 방과 집을 나누는 것입니다.

법정 스님은 어느 날 갑자기 찾아온 수연 스님에게 함께 지내자고 했어요.

나머지 이야기는 저보다는 눈부시게 피어나는 저 나무와
꽃들에게 들으십시오.
_ 법정 스님